Henriette Wich

Die drei !!!

Skandal im Café Lomo!

KOSMOS bei CARLSEN

Außerdem in der Reihe Die drei !!! im Carlsen Verlag lieferbar:
Die drei !!! – Achtung, Spionage!
Die drei !!! – Gefahr im Fitness-Studio
Die drei !!! – Gefährlicher Chat / Betrug beim Casting
Die drei !!! – Geheimnis der alten Villa
Die drei !!! – Im Bann des Flamenco
Die drei !!! – Nixensommer
Die drei !!! – Skandal auf Sendung
Die drei !!! – Tatort Geisterhaus / Skaterfieber
Die drei !!! – Tatort Paris
Die drei !!! – Vorsicht, Strandhaie!

MIX
Papier aus verantwortungsvollen Quellen
FSC® C083411
FSC www.fsc.org

Veröffentlicht im Carlsen Verlag
September 2017
Mit freundlicher Genehmigung des Franckh-Kosmos Verlages

Umschlagbild: Anike Hage
Umschlaggestaltung: formlabor
Corporate Design Taschenbuch: bell étage
ISBN 978-3-551-31630-1

Die drei !!!

Skandal im Café Lomo!

Alles neu

Der Tatort sah anders aus, das bemerkte Franzi auf den ersten Blick. Seit sie das letzte Mal hier gewesen war, hatten sich drei entscheidende Dinge verändert. Die ehemals weißen Wände des öffentlichen Raums waren mit Blumentattoos versehen. Jemand hatte die Stühle durch cappuccino- und orangefarbene Lederhocker ersetzt. Die Couchtische waren ebenfalls ausgetauscht worden. Sie bestanden jetzt aus unbehandeltem, edlem Eichenholz. Franzi kniff die Augen zusammen. »Was ist das denn?«, murmelte sie ungläubig.

Franzi scannte den Tatort noch einmal besonders gründlich. Da fielen ihr noch mehr Ungereimtheiten auf. Was war bloß mit der Sitzecke passiert? Die Eckbank fehlte. Bunte Sitzsäcke versuchten die entstandene Lücke zu füllen, was ihnen nicht wirklich gelang. Und der neue, ovale Tisch mit der Milchglasplatte wirkte wie das Ufo eines fremden Planeten, das soeben auf der Erde gelandet war.

»Das geht zu weit!« Franzi hatte das unangenehme Gefühl, die Kontrolle zu verlieren – was ihr in letzter Zeit leider öfter passierte und vor allem mit einer Person zu tun hatte, an die sie heute keinesfalls denken wollte.

»Sieht cool aus, oder?« Kim war auf leisen Flip-Flop-Sohlen hinter ihre Freundin getreten.

Franzi drehte sich stirnrunzelnd herum. »Was meinst du? Cool? Ja, so kann man es auch nennen.«

Der Tatort zahlreicher Clubtreffen der drei !!! befremdete Franzi immer noch. Sie hatte geglaubt, ihn in- und auswendig zu kennen, aber da hatte sie sich offenbar getäuscht. Ein paar Veränderungen der Inneneinrichtung hatten genügt, und schon wirkte das *Café Lomo* völlig neu, irgendwie moderner und erwachsener. Franzi wusste nicht, ob sie das nun gut oder schlecht finden sollte.

Bevor sie eine Entscheidung darüber treffen konnte, rief Marie: »Hey, kommt mal rüber, das müsst ihr euch ansehen!« Sie schwenkte ein weißes, ultraflaches Teil in ihrer Hand.

Neugierig gingen Franzi und Kim zu einem Tisch, auf dem zehn nagelneue Tablets ausgebreitet waren.

Marie hatte sich eins davon geschnappt. »Die kann man kostenlos benutzen!«, erzählte sie aufgeregt. Ihre pink lackierten Fingernägel tanzten über die Oberfläche des Bildschirms. Souverän navigierte Marie durch die Homepage des *Café Lomo* und öffnete nacheinander das Gästebuch, die Speisekarte und eine virtuelle Tour durch das neu gestaltete Lokal.

Kim pfiff anerkennend durch die Zähne. »Das ist echt großzügig von Nicky. Ich hätte nie gedacht, dass sie ihre Renovierungs-Pläne so schnell umsetzen würde.«

»Ich auch nicht«, seufzte Franzi.

Erst kürzlich hatte Nicky, die Besitzerin des *Café Lomo*, nachdem sie von einer längeren Reise zurückgekehrt war, im Innenhof einen neuen Biergarten eröffnet. Der war sehr schön geworden, das musste auch Franzi zugeben. Die drei !!! hatten in den Sommerferien so manchen heißen Nachmittag im angenehmen Schatten des weißen Sonnensegels verbracht. Inzwischen hatte leider die Schule wieder begonnen, aber es war immer noch sehr warm.

Marie strich mit einer fast zärtlichen Bewegung über das

Touchpad. »Ich kann euch gar nicht sagen, wie froh ich bin, dass Nicky jetzt wieder das *Café Lomo* führt. Ihren Bruder fand ich ehrlich gesagt immer total langweilig.«

»Du bist ungerecht«, verteidigte Kim den ehemaligen Geschäftsführer, der Nicky während ihrer Abwesenheit vertreten hatte. »Gregor war doch sehr nett. Er hatte so eine angenehme, ruhige Art.«

Marie gähnte demonstrativ. »Für meinen Geschmack ein bisschen zu ruhig und spießig. Nicky ist viel hipper als er. Seit sie da ist, gefällt mir unser Stammlokal tausendmal besser.«

»Wollt ihr hier festwachsen oder können wir endlich rausgehen?«, fragte Franzi genervt. Sie hatte keine Lust auf lange Diskussionen über ihr Lieblingscafé. Es sah jetzt eben anders aus, Punkt.

Marie legte das Tablet zu den anderen zurück. »Verbreite hier keinen Stress, ja? Ich wollte sowieso gerade rausgehen. Die Tablets sind perfekt für Regentage, heute muss ich Sonne tanken.« Sie stöckelte auf ihren silbernen Sandalen zur Hintertür, die in den Innenhof führte. Kaum hatten die ersten Sonnenstrahlen ihr zart gebräuntes Gesicht berührt, setzte sie ihre Sonnenbrille mit den Pilotengläsern auf.

Kim und Franzi folgten Marie. Über helle Holzplanken bahnten sie sich einen Weg zwischen den Gartentischen aus Chrom und Teakholz hindurch. Fast alle Plätze waren bereits belegt. Marie konnte gerade noch einen Tisch neben einem Pflanzkübel mit einer Palme ergattern. Von der Außen-Bar mit Grill wehte der Duft gebratener Würstchen herüber.

Franzi setzte sich so, dass sie sowohl die Palme als auch eins der dekorativen, mannshohen Windlichter im Blick hatte.

Sie beschloss, ab sofort den Nachmittag zu genießen und nur noch an positive Dinge zu denken. An Felipe zum Beispiel und an den letzten Fall des Detektivclubs, den die drei !!! wieder mal genial gelöst hatten. Und sie würde garantiert nicht an die Person denken, die ihr gerade das Leben zur Hölle machte.
»Sag mal, Franzi, was ist eigentlich los mit dir?«, fragte Kim. »Wir haben herrliches Wetter, und du machst ein Gesicht, als ob sich in deinem Kopf Gewitterwolken zusammenbrauen würden.«
Franzi fühlte sich ertappt. Ihr Vorsatz hatte offensichtlich nicht funktioniert. »Es ist besser, wenn ich nicht darüber rede«, sagte sie so ruhig wie möglich. »Sonst muss ich mich gleich wieder aufregen.«
»Oh! Tut mir leid.« Kim wirkte betroffen. Sie wollte nachhaken, überlegte es sich aber zu Franzis Erleichterung anders und griff stattdessen nach der Speisekarte. »Hab ich euch schon gebeichtet, dass ich süchtig bin?«
Marie richtete sich kerzengerade auf. Ihre Halskette aus pinkfarbenen Glassteinen wippte hektisch auf und ab. »Wie bitte? Du bist drogenabhängig??«, raunte sie.
Kim fuhr sich lachend durch die kurzen Haare. »Ganz genau! Meine neueste Droge heißt *LICK*. Wenn ich nicht sofort einen *LICK* bekomme, rebelliert mein Körper mit schrecklichen Entzugserscheinungen.«
»Ach so!« Marie musste grinsen.
LICK war die Abkürzung für *Lomo Iced Choc Kick*. Der Sommer Spezial bestand aus einer verführerischen Mischung aus kalter Schokolade mit Vanilleeis und weißen Schoko-Raspeln.

Er schmeckte mindestens so gut wie der *Kakao Spezial*, den die drei !!! normalerweise tranken.
»Entzugserscheinungen bei einem Süßigkeitenfan wie dir? Das wollen wir lieber nicht riskieren.« Marie hob den Arm und winkte Nicky zu.
Die Besitzerin kam mit ihrem elektronischen Bestellblock an den Tisch der drei !!!. »Hallo, was darf's sein?« Sie wirkte heute angespannt und lächelte nur flüchtig.
»Drei *LICKs* bitte«, sagte Kim. »Die neue Inneneinrichtung ist übrigens super geworden. Ich mag die Farben der Sessel.«
»Und ich finde die Blumentattoos wunderschön«, fügte Marie hinzu.
»Ach ja? Danke.« Nicky schien sich über das Lob gar nicht richtig zu freuen. Sie tippte rasch die Bestellung ein und wollte wieder gehen.
Kim und Marie sahen sich verwundert an. Sonst plauderte Nicky doch so gerne. Erst neulich hatte sie ihnen von ihrer Reise durch Nepal, Indien und China vorgeschwärmt und von der tollen Erfahrung, alles hinter sich zu lassen. Waren die Eindrücke bereits verblasst, oder hatte sie sich vielleicht bei der Renovierung zu sehr ausgepowert?
Marie vermutete Letzteres. Trotzdem wollte sie das Gespräch nicht so schnell beenden. »Wer hat denn die schönen Wandtattoos gemacht?«, erkundigte sie sich. »Ich überlege nämlich, ob ich mir für mein Zimmer auch so ein Tattoo machen lasse. Über meinem Bett wäre der perfekte Platz dafür.«
Nicky kramte in ihrem Geldbeutel. Wortlos zog sie eine Visitenkarte heraus und gab sie Marie. *Flowers & more – Wandtattoos*, stand darauf.

»Super, danke!« Maries strahlendes Lächeln wurde nicht erwidert. Nicky nickte nur kurz und zog sich schnell zurück.
»Puh! Die hat aber heute schlechte Laune«, meinte Marie und steckte achselzuckend die Visitenkarte ein.
Franzi warf einen entschlossenen Blick in die Runde. »Wollen wir jetzt das Clubtreffen eröffnen?«
»Gerne«, antwortete Kim. »Ich hab gestern eine Liste gemacht und unsere sämtlichen Fälle aufgelistet, damit wir mal einen Überblick bekommen. Da ist inzwischen einiges zusammengekommen.«
»Super Idee!«, sagte Marie. Gemeinsam mit Franzi beugte sie sich über das Blatt Papier, das ihre Freundin über den Tisch schob.
Kim war nicht umsonst der Kopf des Detektivclubs. Franzi schätzte besonders ihre Gründlichkeit und die außergewöhnliche analytische Begabung. Auch jetzt hatte sie wieder akribisch alle wichtigen Details festgehalten: Täter, Verbrechensart, Tatort und -zeit, Motiv, Ermittlungsschritte und Erfolgsquote, die nach wie vor bei 100 % lag. Franzi konnte es kaum glauben, aber da stand es schwarz auf weiß: Die drei !!! hatten schon über 40 Fälle im In- und Ausland gelöst!
»Das soll uns erst mal jemand nachmachen!« Marie glühte vor Stolz. »Wenn das so weitergeht, haben wir bald ein Jubiläum. Unseren fünfzigsten Fall müssen wir unbedingt feiern – am besten mit einer großen Party hier im *Café Lomo.*«
Nicky brachte die *LICKs.* Kim griff nach dem eisgekühlten Glas und saugte genießerisch am Strohhalm. Danach leckte sie sich die Lippen. »Klar müssen wir das feiern. Wir laden alle unsere Freunde, Eltern und Verwandten ein – und deine

kleine Schwester oder dein kleiner Bruder ist dann auch schon mit dabei.«

Marie nickte glücklich. »Es dauert gar nicht mehr lange, dann wird Tessas Baby geboren. Irgendwie spüre ich, dass es ein Mädchen wird, obwohl man beim Ultraschall immer noch nichts erkennen kann. Ich bin so wahnsinnig aufgeregt!«

»Das glaube ich dir.« Franzi legte kurz den Arm um Marie. Sie freute sich für ihre Freundin, die sich mit ihrer Stiefmutter mittlerweile prima verstand. Marie fühlte sich wohl in der Patchworkfamilie. Ihr Vater Helmut Grevenbroich erfüllte ihr immer noch fast jeden Wunsch und mit Tessas zehnjähriger Tochter Lina stritt sie sich auch nicht mehr ständig. Die Villa war groß genug, sodass sich die beiden aus dem Weg gehen konnten – was man von Franzis Zuhause leider nicht behaupten konnte. Franzi unterdrückte einen Seufzer und schob den Gedanken an ihre Familie schnell beiseite.

»Wie geht es denn Tessa mit ihrer Schwangerschaft?«, erkundigte sich Kim. »Macht sie immer noch so schräge Eissorten? Ich erinnere mich noch mit Schrecken an *Sellerie-Sahne* und *Banane mit Basilikum*. Igitt!«

Marie prustete los. »Zum Glück hat sie das aufgegeben. Aber ihre Hormone spielen immer noch verrückt. Zurzeit ist sie im Handarbeitsfieber. Sie näht und strickt Babysachen. Die sind winzig – und sooo süß!«

Kims Augen leuchteten. »Die muss uns Tessa unbedingt zeigen, wenn wir dich das nächste Mal besuchen. Und dir geht es richtig gut, oder? Mit Holger ist alles im grünen Bereich?«

»Schon …« Eine zarte Röte breitete sich auf Maries Gesicht

aus. »Ich bin so froh, dass wir endlich wieder zusammen sind. Erst jetzt weiß ich, was mir die ganze Zeit gefehlt hat, als wir nur miteinander befreundet waren. Es war seine Nähe und die … die …« Sie suchte nach Worten und verstummte.

»Die Liebe?«, fragte Kim leise.

Marie nickte verträumt. »Ja, genau. Und du? Bist du auch glücklich mit Michi?«

»Sehr!« Die Antwort kam aus vollem Herzen. Kim kannte Michi Millbrandt schon seit einer halben Ewigkeit. Die beiden waren wie Marie und Holger nach vielen Höhen und Tiefen zum zweiten Mal ein Paar. »Michi hat nur leider gerade nicht so viel Zeit für mich. Meint ihr, ich soll mal nachfragen, wieso?«

»Klar«, fand Franzi. »Rede mit ihm. Es gibt bestimmt einen ganz einfachen Grund dafür. Vielleicht muss er ja für eine Prüfung lernen.«

Kims Freund machte eine Ausbildung zum chemisch-technischen Assistenten und war mit großem Ehrgeiz bei der Sache.

Marie schloss sich Franzis Meinung an. »Offenheit ist das Wichtigste in einer Beziehung. Das weißt du doch.«

Kim lächelte. »Ja, ihr habt recht. Ich werde mit ihm reden.«

Maries und Kims Augen richteten sich auf Franzi. Die wusste, dass nun sie an der Reihe war zu erzählen. Eigentlich hatte sie keine große Lust, über ihre Gefühle zu reden, heute war einfach nicht der richtige Tag dafür. Aber ihre Freundinnen würden nicht lockerlassen, also gab sie sich einen Ruck.

»Felipe und ich haben eine besonders schöne Zeit. Wir wissen, dass jeder Augenblick kostbar ist. Bald fliegt er nach Mexiko und tritt dort sein Praktikum an. Es ist merkwürdig, aber wir sind gar nicht traurig – noch nicht! –, wir sind sehr verliebt. Ja, das sind wir wirklich.« Franzi betonte den letzten Satz. Sie versuchte damit die unangenehmen Gedanken zu verdrängen, die schon wieder in ihrem Kopf herumspukten.

Kim und Marie schwiegen eine Weile. Dann räusperte sich Marie. »Entschuldige, aber du hörst dich nicht gerade glücklich an. Dich bedrückt doch irgendwas. Oder bist du wütend? Du willst es uns wirklich nicht erzählen?«

»Vielleicht können wir dir ja helfen«, sagte Kim. »Oder dir wenigstens zuhören und für dich da sein.«

Kims mitfühlender Blick löste einen Knoten in Franzis Brust. Auf einmal wusste sie nicht mehr, warum sie die ganze Zeit ein Geheimnis daraus gemacht hatte.

»Ich bin so sauer auf Chrissie!«, platzte es aus ihr heraus. »Es ist die Hölle, mit ihr ein Zimmer zu teilen. Ich weiß, es geht nicht anders, weil Oma Lotti jetzt bei uns wohnt und Stefan noch nicht ausgezogen ist. Aber sie tut, was sie will, und hält sich nicht an unsere Abmachung.«

»Was habt ihr denn für eine Abmachung?«, hakte Marie nach.

»Eine ganz einfache«, erklärte Franzi. »Jede hat die Hälfte des Zimmers zur Verfügung. Wir haben es extra ausgemessen und mit blauer Kreide einen Strich auf den Boden gemalt. Und was macht Chrissie heute Morgen? Sie verteilt ihre Kleider und Schminksachen überall. Aber es kommt noch schlimmer: Sie weigert sich mit Händen und Füßen, meinen Bereich freizuräumen!«

Kim stöhnte. »Typisch Chrissie! Sie kann ganz schön egoistisch sein.«

»Egoistisch, zickig, ätzend, unverschämt, absolut daneben, total gemein und … und …«, Franzi musste kurz Luft holen, »UNMÖGLICH!«
Kim und Marie sahen Franzi verblüfft an. Die Gäste an den Nachbartischen verstummten und drehten sich neugierig um. Franzi war es in dem Moment völlig egal, was die anderen von ihr dachten. Energisch schlug sie mit der Faust auf den Tisch und rief: »Das musste einfach mal gesagt werden!«
Kim kicherte und Marie pflichtete Franzi im Brustton der Überzeugung bei: »Unbedingt! Ich glaube, wir sind reif für eine zweite Runde *LICK*. Die geht auf mich. Mein Vater hat mir heute Extra-Taschengeld zugesteckt. Nicky?« Marie zeigte der Besitzerin drei ausgestreckte Finger.
»Drei *LICKs*? Kommen sofort.« Nicky ging mit einem leeren Tablett hinüber zu Außen-Bar.
Während die Getränke zubereitet wurden, bedauerten Kim und Marie Franzi noch mal ausgiebig und gaben ihr Tipps, wie sie mit Chrissie besser klarkommen könnte.
»Stell ihr ein Ultimatum«, riet Marie. »Wenn sie die Sachen nicht bis heute Abend Punkt sechs Uhr weggeräumt hat, wirfst du sie aus dem Fenster … äh … ich meine die Sachen, nicht Chrissie, wobei das auch keine schlechte Idee wäre.« Marie grinste.
Kim schlug eine diplomatischere Lösung vor: »Ihr braucht einen Streitschlichter. Wie wär's mit Oma Lotti? Sie hört beide Parteien an und ihr erarbeitet gemeinsam eine Lösung, eine Art Vertrag. Dann hast du auch eine Zeugin, wenn Chrissie das nächste Mal vertragsbrüchig wird.«
Franzi zögerte. »Hört sich in der Theorie toll an, aber ich

möchte Oma Lotti mit so was nicht belasten. Sie ist immer noch sehr schwach.«
Kim und Marie nickten verständnisvoll. Seit ihrem Schlaganfall war Oma Lotti rund um die Uhr auf Hilfe angewiesen. Frau Winkler übernahm die Pflege und die restliche Familie unterstützte sie, so gut es ging. Das war nicht immer leicht. Auch Franzi kam dabei immer wieder an ihre Grenzen.
»Wir drücken die Daumen, dass Oma Lotti wieder ganz gesund wird!«, sagte Kim.
Marie strich liebevoll über Franzis Arm. Ihr fehlten gerade die Worte.
»Ja, das wäre schön«, murmelte Franzi. Sie musste schlucken und war froh, dass Nicky die zweite Runde *LICK* brachte. Das Tablett war randvoll mit Getränken und die Besitzerin fluchte leise vor sich hin, als sie es abstellte.
Marie beschloss, nun doch mal nachzufragen. »Geht es dir nicht gut?«
Nicky fuhr sich nervös durch die blonde Pixie-Frisur. »Tut mir leid, ich hab gerade überhaupt keine Zeit zum Reden. Ihr seht ja, was heute los ist.«
»Nicky? Kommst du mal? Da ist ein Mann, der dich dringend sprechen will.« Leo, der sonst hinter der Theke stand, tauchte in der Tür auf.
»Jahaaa!«, sagte Nicky genervt. Sie hielt nach ihrer Angestellten Ausschau. »Sabrina? Könntest du bitte hier übernehmen?« Wie der Blitz war sie weg.
Marie starrte Nicky nach. »Die Arme! Ihr scheint es wirklich nicht gut zu gehen.«
»Hallo zusammen«, sagte Sabrina fröhlich und hob das erste

Glas *LICK* vom Tablett. Schwungvoll stellte sie es auf dem Tisch ab. Ein Schwall Kakao schwappte über den Rand.
»Wie konnte mir das bloß passieren?«, entschuldigte sie sich.
»Ist doch nicht schlimm.« Kim lächelte freundlich, obwohl es nicht das erste Mal war, dass die Bedienung etwas schusselig war. Aber Sabrina gehörte anscheinend zu den Menschen, denen eben ein bisschen mehr runterfiel als anderen. Dafür hatte sie bestimmt andere Stärken.
Hastig nahm Sabrina ein grobes Leinentuch, das sie immer in ihrem Gürtel stecken hatte, und wischte die Kakaoflecken damit weg.
»Danke!« Franzi probierte von ihrem *LICK*. Er kühlte wunderbar ihre trockene Kehle und tat einfach gut.
Kim dagegen rührte ihr Getränk nicht an. »Seht mal!«, flüsterte sie und zeigte zur offenen Tür.
An der Theke stand ein Mann im dunklen Anzug. Nicky hörte ihm mit gerunzelter Stirn zu, dann antwortete sie sehr schnell und nervös.
Der Mann wurde plötzlich wütend. »Das wird noch ein Nachspiel haben!«, sagte er laut. Er griff sich seine Tasche, die er auf dem Barhocker abgelegt hatte, und verließ mit grimmigem Gesichtsausdruck das *Café Lomo*.

Nicky packt aus

»Was war das denn?« Franzi schaltete von einer Sekunde zur nächsten auf Detektivin um. »Hier stimmt doch was nicht. Was wollte der Typ von Nicky?«
Marie nickte. »Wir müssen mit ihr reden, und diesmal lassen wir uns nicht abwimmeln.«
Die drei !!! warteten, bis ein paar Gäste gezahlt hatten und es ruhiger im Café wurde. Dann gingen sie rein und baten Nicky, sich mit ihnen in die neue Sitzecke zurückzuziehen.
»Bitte erzähl uns, was los ist«, bat Kim eindringlich. »Der Mann hat dich doch bedroht. Wir wollen dir helfen. Vielleicht hast du ja schon mitbekommen, dass wir Detektivinnen sind.«
Nicky ließ sich mit einem tiefen Seufzer auf einen grasgrünen Sitzsack plumpsen. »Ja, das hat mir Gregor erzählt. Also gut: Der Mann heißt Markus Blom und ist Regional-Geschäftsführer der großen Cafékette *Coffee & Cocoa*. Die kennt ihr sicher.«
Kim, Franzi und Marie nickten. Die Kette war riesig und hatte etliche Filialen quer über die Stadt verteilt. Die drei !!! hatten jedoch noch nie eins dieser Cafés betreten. Wozu auch? Die Kette machte von außen einen anonymen Eindruck und außerdem waren sie ihrem *Café Lomo* treu.
»Dieser Blom hat mir schon zwei lukrative Angebote unterbreitet«, erzählte Nicky weiter. »Er möchte das *Lomo* unbedingt kaufen. Die Kette will hier nämlich eine weitere Filiale eröffnen.«

»Was?«, rief Franzi entsetzt. »Du hast hoffentlich abgelehnt!«
Nicky lächelte kurz, wurde aber schnell wieder ernst. »Natürlich, ich habe diesem Blom klipp und klar gesagt: Nein, ich verkaufe nicht! Das wollte der aber nicht akzeptieren. Vorgestern kam er wieder, gestern auch und heute. Jedes Mal wurde er aggressiver. Er hat behauptet, dass er mich auch zum Verkauf zwingen kann. Dass es sehr unangenehm für mich werden könnte, wenn ich nicht endlich einlenke.«
»Ich hab die letzten Worte von diesem Mistkerl mitgehört«, sagte Marie grimmig. »›Das wird noch ein Nachspiel haben.‹«
Franzi regte sich auf: »Wie kann der es wagen? Das ist üble Drohung und Erpressung, so was ist strafbar!«
»Ja, ich weiß.« Nicky zupfte nervös an ihrer bunt gemusterten Seidenbluse.
Kim sah der Besitzerin in die Augen, die früher immer so gestrahlt hatten, jetzt aber glanzlos und müde wirkten. »Das darfst du dir nicht gefallen lassen. Hast du schon die Polizei eingeschaltet?«
Nicky schüttelte den Kopf. »Nein, nein! Noch ist ja nichts passiert. Außerdem will ich mit der Polizei nichts zu tun haben. Die machen immer gleich so einen Wirbel.«
Kim, Franzi und Marie verständigten sich durch einen raschen Blickwechsel. Dann zog Marie eine Karte aus ihrer Handtasche und gab sie Nicky. »Wir machen keinen Wirbel, versprochen! Wir ermitteln äußerst diskret und zuverlässig und haben jede Menge Erfahrung mit Verbrechern. Bitte melde dich bei uns, wenn der Mann noch mal auftaucht und dich weiter bedroht.«
Nicky nahm die Visitenkarte der drei !!!.

Die drei !!! Detektivinnen

Kim Jülich
Franziska Winkler
Marie Grevenbroich

Wir lösen jeden Fall!
Kontakt: siehe Rückseite

»Vielen Dank! Das ist lieb von euch.« Nicky steckte die Visitenkarte in ihre Hosentasche. »Aber ich hoffe sehr, dass ich euch nicht anrufen muss.«

»Das hoffen wir auch«, sagte Marie. »Alles Gute!«

Die drei !!! standen auf und verabschiedeten sich. Franzi war mit dem Rad da, Kim und Marie zu Fuß. Also trennten sich die Wege der Detektivinnen.

Franzi hatte es nicht eilig, nach Hause zu kommen. Sie ahnte, dass in der Zwischenzeit das Chaos in ihrem Zimmer nicht kleiner, sondern größer geworden war. Wie auch immer, sie würde um eine Auseinandersetzung mit Chrissie nicht herumkommen.

Franzi radelte in einer Art Zickzackkurs durch die Innenstadt. Als sie durch das Tor beim Schillerpark fuhr, blinkte ihr plötzlich auf der gegenüberliegenden Straßenseite eine Leuchtschrift entgegen: *Coffee & Cocoa*. Franzi bremste und stieg ab. »Ich glaube, es ist Zeit, dass ich mir den Laden mal näher ansehe«, murmelte sie.

Zusammen mit einer Gruppe lachender Studenten betrat sie

das Café. Die Einrichtung war auf das Nötigste beschränkt: weiße Bänke und Tische in langen Reihen hintereinander. Von der Decke strahlten kalte Neon-Punktlichter. Ein paar krumme Kakteen in knallgrünen Pflanzkästen schienen eher aus Versehen abgestellt worden zu sein. Franzi kam sich vor wie im überfüllten Wartesaal eines Krankenhauses. Seltsamerweise war hier noch mehr los als im *Café Lomo* und die Atmosphäre unangenehm hektisch, weil man sich die Sachen selber holen musste.

Franzi reihte sich in die Schlange ein. Als sie nach zehn Minuten endlich drankam und ihre Bestellung aufgeben wollte, wurde sie von der blonden Angestellten hinter der Theke sofort unterbrochen: »Diese Woche haben wir eine super Aktion! Die solltest du dir nicht entgehen lassen. Wir schenken unseren beliebten *Creamy Iced Cocoa* zum halben Preis aus. Na, wie wär's?«

»Gut, den nehme ich«, sagte Franzi spontan.

Es stellte sich heraus, dass der *Creamy Iced Cocoa* trotz halbem Preis fast so viel wie ein *LICK* im *Café Lomo* kostete. Dabei gab es nicht mal ein schönes Glas dazu, sondern einen schnöden Plastikbecher, der hinterher in den Müll wanderte und die Umwelt unnötig belastete.

Franzi kostete im Stehen vom Getränk der Konkurrenz. Schon nach den ersten Schlucken verzog sie angewidert das Gesicht. »Iiieh, ist der süß!«

Der *Creamy Iced Cocoa* enthielt unglaublich viel Zucker und schmeckte extrem künstlich nach Vanille und Zimt. Franzi vermutete, dass er großzügig mit »naturidentischen« Aromastoffen versetzt war. An Sahne war auch nicht gespart worden,

keine echte Sahne natürlich, sondern welche aus der Sprühdose. Franzi trank den *Creamy Iced Cocoa* nur zur Hälfte aus. Bevor ihr schlecht wurde, ließ sie ihn stehen und verließ so schnell wie möglich die Filiale der Cafékette.
Draußen auf dem Gehsteig atmete sie erst mal tief durch. Was für ein himmelweiter Unterschied zwischen diesem *Creamy Iced Cocoa* und dem *LICK* im *Café Lomo*! Franzi warf einen Blick auf die Fassade von *Coffee & Cocoa.* Wenn es dieser Blom noch ein einziges Mal wagen sollte, Nicky zu bedrohen, würde er es mit ihr höchstpersönlich zu tun bekommen. Mit Franziska Winkler, Mitglied der berühmten drei !!! und Stammgast im *Café Lomo*!

»Hallo, ist jemand da? Wo seid ihr denn alle?« Als Franzi zu Hause aufsperrte und in den Flur trat, war es ungewöhnlich still.
Da meldete sich eine leise Stimme aus dem Wohnzimmer. »Ich bin hier, Franzi!«
Oma Lotti saß trotz sommerlicher Temperaturen in eine Wolldecke gewickelt auf dem Sofa. Ihr Körper wirkte zerbrechlich, aber die Augen in dem lieben Gesicht voller Falten leuchteten sehr lebendig und jung.
»Oma!« Franzi lief zum Sofa und fiel ihrer Großmutter um den Hals. »Warum sitzt du denn hier so ganz alleine? Wo sind denn die anderen?«
Oma Lotti streichelte beruhigend Franzis Hand. »Deine Mutter war die ganze Zeit hier. Sie ist nur schnell rüber in die Praxis, um deinem Vater bei der Behandlung einer schwierigen Katze zu helfen.«

Franzis Vater besaß eine erfolgreiche Tierarztpraxis, die im Erdgeschoss des Wohnhauses von Familie Winkler untergebracht war. Dr. Winkler musste zwar viel arbeiten, aber die kurzen Wege zwischen seinem Arbeitsplatz und dem Haus waren ziemlich praktisch.

»Soll ich dir was zu trinken bringen?« Franzi nahm das leere Wasserglas und war schon auf dem Sprung in die Küche.

»Nein, danke«, sagte Oma Lotti. »Ich bin nicht durstig. Setz dich lieber zu mir aufs Sofa. Dann haben wir noch ein bisschen Ruhe, bevor deine Mama, Chrissie und Stefan zurückkommen.«

Franzi stellte das Wasserglas wieder ab, setzte sich und lehnte ihren Kopf an Oma Lottis Schulter. Die Wolle ihrer hellblauen Strickjacke kratzte ein bisschen und duftete nach Lavendel. Franzi liebte den Geruch seit ihrer Kindheit und vergrub ihre Nase in Omas Jacke.

»Na, wie war dein Tag? Hattest du ein paar schöne Stunden mit deinen Freundinnen?«, erkundigte sich Oma Lotti.

»Ja, sehr schön«, antwortete Franzi. »Und wie geht es dir heute?«

Oma Lotti lächelte. »Gut. Ich musste nur wieder an mein Haus in Billershausen denken. Ich fürchte, ich werde nicht mehr alleine dort wohnen können. Wahrscheinlich sollte ich es verkaufen, aber ich kann mich noch nicht dazu entschließen. Schließlich hab ich mein ganzes Leben dort verbracht.«

»Was erzählst du da?« Franzi schreckte hoch. »Du wirst wieder in deinem Haus wohnen! Es dauert nicht mehr lange, dann bist du ganz gesund und kannst nach Billershausen zurück. Alles wird wie früher sein, ganz bestimmt!«

Oma Lotti lächelte wieder, aber das Leuchten in ihren Augen erlosch für einen Augenblick. Sie umarmte ihre Enkelin und schwieg.
Franzi hatte das Gefühl, dass etwas auf ihre Brust drückte. Das Atmen fiel ihr auf einmal schwer, obwohl es doch genug Luft in ihren Lungen gab. Warum sagte Oma Lotti nichts? Je länger das Schweigen andauerte, umso unwohler wurde Franzi. Plötzlich wusste sie, was da auf ihre Brust drückte: Es war die Angst.
Draußen im Flur wurde die Haustür aufgesperrt. »Hallo, hallo!«, rief Frau Winkler fröhlich. »Ich bin wieder da.«
Laute Schritte trampelten im Flur, dann hörte Franzi die Stimmen von Stefan und Chrissie. Erleichtert sprang Franzi vom Sofa auf und lief ihrer Familie entgegen.
»Hallo, Mama! Hallo, Stefan, hallo, Chrissie!«
Franzi war so froh, die drei zu sehen. Es kam ihr vor, als seien Mama, Stefan und Chrissie auf einer langen Reise gewesen, als hätte sie einen Monat lang keinen Kontakt zu ihrer Familie gehabt. Erst als sie Chrissies verblüfften Gesichtsausdruck bemerkte, fiel ihr wieder ein, dass sie eigentlich stinksauer auf ihre Schwester war. »Und, hast du deine Sachen schon weggeräumt?«, fragte sie herausfordernd.
Chrissie machte: »Pffft! Nicht in diesem Ton, ja? Außerdem ist das immer noch *mein* Zimmer, in dem du ausnahmsweise schlafen darfst.«
Franzis Wut kochte sofort wieder hoch, aber den Gefallen wollte sie Chrissie nicht tun, vor ihr auszurasten. »Ich helfe jetzt Mama in der Küche«, verkündete sie kühl.
Eine halbe Stunde später war die komplette Familie Winkler

um den Abendbrottisch versammelt. Es gab selbst gemachte Schinken-Käse-Quiche und dazu knackigen grünen Salat mit Tomaten und gebratenen Champignons. Alles leckere Sachen, die Franzi liebte, aber heute hatte sie überhaupt keinen Appetit. »Gibst du mir mal bitte die Sprudelflasche?«, fragte sie.

Die Flasche stand direkt vor Chrissies Nase, aber ihre Schwester rührte keinen Finger. Stattdessen wartete sie, bis Stefan umständlich über den Tisch griff und Franzi die Flasche reichte.

»Zu lieb vor dir, Schwesterherz!« Franzi verzog ironisch die Mundwinkel. Sie schenkte sich Sprudel ein und trank ein paar Schlucke.

Frau Winkler warf Franzi einen vorwurfsvollen Blick zu. »Hört bitte auf mit euren Sticheleien.«

»*Sie* hat angefangen!«, protestierte Franzi, verstummte aber sofort, als sie sah, wie ihre Mutter die Quiche für Oma in kleine, mundgerechte Stücke schnitt.

Oma Lottis rechte Hand funktionierte seit dem Schlaganfall nicht mehr so gut. Sie konnte noch nicht selber mit dem Messer schneiden. Auch das Essen fiel ihr schwer, weil sie die linke Hand benutzen musste. Mühsam stocherte sie auch heute wieder mit der Gabel auf ihrem Teller herum. Sie wirkte so hilflos und lächelte trotzdem so tapfer dabei.

Plötzlich schoss Franzi ein schrecklicher Gedanke durch den Kopf: Und wenn Oma Lotti nun doch nicht wieder ganz gesund wurde? Wenn sie ihr Leben lang auf fremde Hilfe angewiesen sein würde? Sofort war die Angst wieder da. Sie setzte sich wie eine dicke Kröte auf Franzis Brust.

»I…ich hab keinen Hunger«, stammelte Franzi.

Herr Winkler sah verwundert von seinem Teller auf. »Was hast du denn?«

»Nichts!« Franzi schob hastig ihren Stuhl zurück und rannte die Treppe hinauf.

Sobald sie die Tür hinter Chrissies Zimmer abgeschlossen hatte, kamen die Tränen. Franzi warf sich mit Kleidern und Schuhen aufs Schlafsofa. Sie weinte und weinte und konnte gar nicht mehr aufhören damit. Das Leben war so schrecklich und grausam! Es zog ihr den Boden unter den Füßen weg. Es brachte alles zum Einstürzen, was ihr wichtig war, es nahm ihr alles weg, was immer total selbstverständlich gewesen war: Dass ihre geliebte Oma Lotti gesund war. Dass sie Felipe so oft sehen konnte, wie sie wollte. Und jetzt womöglich auch noch das *Café Lomo*!

Vielleicht kam Nicky nicht damit klar, falls dieser Blom sie weiter unter Druck setzte und bedrohte? Vielleicht bekam sie Panik und verkaufte das *Lomo*? Dann zog dort diese üble Caféкette ein, und die drei !!! verloren ihr Stammlokal! Wo sollten sie in Zukunft hingehen? Wo sollten die Clubtreffen stattfinden?

Sie würde alles verlieren. Nichts würde mehr da sein. Niemand!

Franzi schluchzte auf. Sie brauchte dringend ein Taschentuch. Blind vor Tränen suchte sie auf ihrem Nachttisch nach einer Packung Papiertaschentücher. Da waren sie ja, versteckt unter einem T-Shirt von Chrissie, das aus unerfindlichen Gründen dort gelandet war. Franzi schnäuzte sich, dann wischte sie energisch die Tränen weg.

Nein, sie hatte nicht alles verloren! Oma Lotti lebte. Sie war jetzt sogar hier, jeden Tag in Franzis Nähe und nicht mehr in Billershausen. Und Kim und Marie waren auch noch da, ihre besten Freundinnen – und der Detektivclub!
Franzi zerknüllte das feuchte Taschentuch in ihrer Faust. Wenn es wirklich dazu kommen sollte, dass Nicky sich einschüchtern ließ, dann würden die drei !!! gemeinsam um ihr *Café Lomo* kämpfen. Noch war es ja zum Glück nicht so weit. Und fürs Erste würde Franzi um ihren persönlichen Bereich des Zimmers kämpfen, und zwar jetzt sofort!
Voller Tatendrang stand Franzi auf und holte eine große Einkaufstüte. Systematisch sammelte sie alle Sachen von Chrissie ein, die auf der falschen Seite lagen, und stopfte sie bunt durcheinander in die Tüte. Platsch! In hohem Bogen landete die Plastiktüte auf Chrissies Bettdecke.

Love-Cup oder Club

»Rate, wer ich bin!«, flüsterte Franzi und legte ihre Hände auf Felipes Augen. Er hatte sie nicht kommen sehen, weil er mit dem Rücken zu ihr an einem der Bistrotische in der Eisdiele saß.

Felipe zögerte. »Hm … das ist gar nicht so leicht. Bist du vielleicht Kim? Oder Marie? Nein, warte, jetzt hab ich's: Du bist Michi! Ich wusste gar nicht, dass du so zarte Hände hast, Michi.«

»Du süßer Spinner, du!« Franzi wirbelte um Felipe herum und drückte ihm einen Kuss auf die Nasenspitze. »Beinahe wäre ich auf deine Show reingefallen. Du hast mich doch längst erkannt, gib's zu!«

Felipe lächelte. Zwei Reihen perlweißer Zähne blitzten in seinem milchcafébraunen Gesicht. »Meinen Augenstern würde ich auch in tiefschwarzer Nacht erkennen«, sagte er zärtlich zu seiner Freundin.

Das Glück kribbelte in Franzis Bauch wie Brausepulver. Sie setzte sich, griff über den Tisch nach Felipes Hand und sah ihren Freund an. Gehörte dieser unglaublich attraktive Junge wirklich zu ihr? Manchmal konnte sie es immer noch nicht glauben.

Verlegen strich sich Felipe eine dunkle Locke aus der Stirn. »Du machst mich ganz nervös, wenn du mich so ansiehst. Wie geht es dir? Gab's wieder Ärger mit Chrissie?«

»Ganz schlechtes Thema!«, stöhnte Franzi. »Beim Frühstück hat sie einen Riesenstreit vom Zaun gebrochen, bloß weil ich

gestern Abend ihre Sachen, die überall bei mir rumlagen, in eine Tüte gepackt hab.«
Felipe grinste breit. »Also, ich hätte mich herzlich bei dir bedankt, wenn du schon so nett aufräumst.«
Franzi klappte die Eiskarte auf. »Bitte lass uns von was anderem reden, ja? Der Sommertag ist viel zu schön, um ihn sich durch meine ätzende Schwester verderben zu lassen.« Franzi überflog die große Auswahl an Eisbechern. »Was nehme ich denn heute? Einen Früchtebecher oder lieber Spaghetti-Eis?«
»Weder noch«, antwortete Felipe.
Irritiert sah Franzi ihren Freund an. In der Vergangenheit hatte es schon ein paar Mal Missverständnisse zwischen ihnen gegeben, weil Felipe als Halbmexikaner in einer anderen Kultur aufgewachsen war. Aber bisher hatte er noch nie eigenmächtig für sie bestellt, wenn sie zusammen in einem Café waren.
Doch Felipe schien es tatsächlich ernst zu meinen. Er winkte der Bedienung und sagte mit einem Augenzwinkern zu dem jungen Italiener: »Wir nehmen das, was ich Ihnen vorher gesagt habe.«
»Si, signore!« Der Kellner sauste davon.
»Moment mal!«, protestierte Franzi, aber Felipe legte einen Zeigefinger auf seinen Mund. »Warte doch erst mal ab und lass dich überraschen.«
Franzi klappte die Eiskarte zu. Auf einmal hatte sie eine vage Vermutung, was Felipe vorhaben könnte. Würde er wirklich …?
Ja, er hatte es getan! Kurz darauf stellte der italienische Kellner einen riesigen Eisbecher auf dem Tisch ab. Ananasstücke,

Bananen und Melonenschiffchen krönten einen Berg von bunten Eiskugeln. Auf dem Gipfel, gebettet in luftig aufgeschlagene Sahne, prangte ein großes Herz aus weißer Schokolade mit rosa Zuckerguss. »Ein Love-Cup für zwei junge Verliebte, *prego*!« Diskret zog sich der Kellner zurück.
Franzi war völlig überwältigt. »Du bist … du bist einfach wunderbar! Danke!«
»*Te quiero*, ich liebe dich«, flüsterte Felipe. Er tauchte seinen Löffel in den Eisberg und schenkte Franzi die erste Kostprobe.
Erdbeereis schmolz auf ihrer Zunge. Franzi machte die Augen zu. Ein leichter Windhauch strich über ihre Haare. Plötzlich musste Franzi an das Springpferdkarussell im Freizeitpark *Sugarland* denken. »Weißt du noch, als du extra für mich das Karussell deines Ururgroßvaters angeschaltet hast? Unsere romantische Fahrt zu zweit unter dem Sternenhimmel?«
Felipes Stimme wurde samtweich. »Natürlich weiß ich das noch. Damals haben wir uns zum ersten Mal geküsst.« Er schob den Eisbecher ein Stück zur Seite, beugte sich über den Tisch und nahm Franzis Gesicht in seine Hände. Sein Mund kam näher und näher, seine zarten Lippen berührten ihre …
»Dideldu, dadidudelda!«
Die Melodie der *Vorstadtwache*, der Krimiserie, in der Maries Vater mitspielte, dröhnte aus Franzis Hosentasche.
»Geh nicht ran«, flüsterte Felipe, ohne seine Lippen von Franzis Mund zu lösen.
»Dadidudelda, klingalingaling!«
Franzi konnte sich nicht mehr konzentrieren. Vielleicht war

es ja was Wichtiges? »Entschuldige bitte!« Franzi wich zurück und fummelte in ihrer Hosentasche nach dem Handy. Enttäuscht setzte sich Felipe wieder auf seinen Stuhl. »Ich hab doch gesagt, du sollst nicht rangehen!«
»Ich mach's auch ganz kurz«, versprach Franzi. »Hallo? Hier Franzi Winkler? … Hi, Kim! Kann ich dich später zurückrufen? Es ist gerade ungünstig … Nein? Wieso denn nein? Was gibt's?«
Felipe verdrehte genervt die Augen. Zur Strafe löffelte er extra große Mengen Eis in sich hinein.
»Was???«, rief Franzi. »Kann die Clubsitzung nicht warten? … Ach so. Ja, ich hab verstanden. Nein … Ich muss es mir noch überlegen. Ja, ich melde mich gleich noch mal. Tschüss!«
»Der Detektivclub ruft, hab ich recht?«, fragte Felipe.
Franzi steckte das Handy weg und nickte schuldbewusst. »Kim wollte nicht sagen, worum es geht, aber sie möchte, dass Marie und ich sofort zu ihr nach Hause kommen.«
Felipe fischte das Herz aus dem Eisbecher und biss die Hälfte davon ab. Die andere Hälfte legte er zurück auf den stark geschrumpften Gipfel, der mittlerweile Ähnlichkeit mit einer Eislawine hatte. »Es ist deine Entscheidung«, sagte er betont gleichgültig. »Du musst wissen, was dir wichtiger ist, unser Date oder dein Club.«
Franzi starrte auf das halbierte Schokoladenherz und die Eiskugeln, die langsam in der Sonne dahinschmolzen. Was sollte sie bloß tun? Bei Felipe bleiben und eines der letzten Dates mit ihm genießen, bevor er nach Mexiko flog? Oder Kim und Marie helfen, einen neuen Fall zu lösen? Denn sie war ziemlich sicher, dass ein neuer Fall auf die drei !!! wartete.

»Bitte verzeih mir«, sagte Franzi schließlich zerknirscht, »aber ich muss zu Kim. Es ist nicht gegen dich, es geht um meine Ehre als Detektivin. Weißt du, was ich meine?« Sie drückte Felipes Hand.
Ihr Freund seufzte tief. »Ja, ich versteh dich. Los, lauf schon.«
»Du bist ein Schatz!« Franzi fiel Felipe um den Hals, küsste ihn noch einmal und stürmte davon.

»Einen Schritt weiter und du bist tot!«, rief Ben. Breitbeinig blockierte er mit seinem Bruder Lukas die Haustür bei Jülichs.
Franzi machte gute Miene zum bösen Spiel. »Okay, ihr seid supercoole Actionhelden, aber jetzt ist der Film zu Ende und ihr lasst mich durch.«
Kims Zwillingsbrüder dachten nicht daran. Als Franzi sie zur Seite schieben wollte, holten sie blitzartig hinter ihren Rücken zwei knallgrüne Pistolen hervor.
»Peng, peng, peng!«, brüllte Lukas.
»Uuuaaah!« Ben untermalte die Worte seines Bruders mit ohrenbetäubendem Tarzan-Geheul. Gleichzeitig schossen zwei Wasserfontänen aus den Plastikpistolen. »Volltreffer!«, jubelte Ben.
Franzis T-Shirt war nass. Die Shorts hatten auch einige Spritzer abbekommen. »Super, vielen Dank für die extra Dusche, aber ich bin leider nicht tot. Ich hab nämlich eine kugelsichere Weste an.«
»Echt?« Lukas ließ seine Wasserspritzpistole sinken und starrte interessiert auf Franzis T-Shirt. »Dürfen wir die mal sehen?«

Franzi tippte sich mit dem Zeigefinger an die Stirn. »Ihr habt sie wohl nicht mehr alle! Aus dem Weg, aber plötzlich, sonst könnt ihr was erleben!«

Der scharfe Polizeiton, den Franzi sich gegenüber besonders dreisten Verbrechern angewöhnt hatte, wirkte sofort. Ben und Lukas wichen kleinlaut zurück und gaben den Weg frei.

»Na also, geht doch«, knurrte Franzi. Ihre Flip-Flops machten ein schmatzendes Geräusch auf den Fliesen im Flur. Franzi lief die Treppe hoch und kurz darauf befand sie sich endlich in der Sicherheitszone von Kims Zimmer.

»Haben sie dich etwa auch erwischt?«, stöhnte Kim. »Diese fiesen kleinen Monster, wie ich sie hasse!«

Jetzt erst sah Franzi, dass auch Kims zitronengelbe Stoffhose einem Feuerwehreinsatz zum Opfer gefallen war. Und Maries Haarsträhnen hingen wie nasse Spaghetti herunter, die man gerade aus dem Salzwasser in ein Sieb geschüttet hatte. Mit ihrem Schminkspiegel und zwei Bürsten versuchte sie vergeblich, die Styling-Katastrophe wieder halbwegs in Ordnung zu bringen.

»Gib's auf«, riet Franzi. »Wir haben Wichtigeres zu tun.« Sie setzte sich im Schneidersitz zu ihren Freundinnen auf den Teppich. Mit einem Ruck zog sie sich das nasse T-Shirt über den Kopf, unter dem sie ein grünes Sport-Bikini-Oberteil trug. Ihr war sowieso viel zu warm. Kims Zimmer auf der Südseite des Hauses hatte genug Spätsommerhitze gespeichert. »Erzähl schon, Kim! Was ist passiert? Wurde Nicky wieder von diesem Blom bedroht?«

Kim schüttelte den Kopf. »Es ist fast noch schlimmer. Nicky hat mich angerufen und war total verzweifelt. Jemand hat nachts den Innenhof des *Café Lomo* verwüstet. Überall wurde Erde verschüttet: auf den Tischen und Holzdielen. Auf dem Tresen der Außen-Bar liegt ein aufgeplatzter Sack mit Erde. Außerdem wurden drei Windlichter umgeworfen und ein Pflanzkübel mit einer Palme. Und jetzt haltet euch fest: Der Täter hat auch noch einen hämisch grinsenden, riesigen Gartenzwerg aufgestellt, dessen Mütze das Sonnensegel durchbohrt hat!«

Marie warf ihre Bürsten achtlos in die Handtasche. »Das ist ja das Allerletzte! Wie ist derjenige überhaupt reingekommen?«

»Über die Mauer«, berichtete Kim. »Dort wächst wilder Efeu, und an einer Stelle hat Nicky zerknickte Zweige und abgerissene Blätter entdeckt.«

Plötzlich bekam Franzi eine Gänsehaut auf den nackten Armen. »Ein Einbrecher!«, flüsterte sie.

Kim griff in die Süßigkeitenschale und stärkte sich mit einer Handvoll Gummibärchen. Während sie kaute, nickte sie düster. »Du hast es erfasst. Der Biergarten ist nämlich nicht öffentlich zugänglich. Nur Nicky, Sabrina und zwei Nachbarn aus den angrenzenden Häusern haben einen Schlüssel.«

»Wetten, das war Blom?«, vermutete Marie. »Das hat er sich ja ganz toll ausgedacht: Er verwüstet das *Café Lomo*, damit die Gäste ausbleiben. Ganz schön plump, aber leider wirkungsvoll. Nicky hat jetzt ein Riesenproblem und er kann noch mehr Druck auf sie ausüben.«

Franzi straffte ihren Rücken. Kerzengerade saß sie nun im Schneidersitz und streckte zu beiden Seiten die Hände aus. »Mädels, wir haben einen neuen Fall! Ihr wisst, was das bedeutet?«

Kim und Marie nickten feierlich. Es war Zeit für das Ritual der Detektivinnen. Sie legten die Hände übereinander. Dann riefen sie im Chor: »Die drei !!!.«
Kim sagte: »Eins!«, Franzi »Zwei!« und Marie »Drei!«. Am Schluss warfen sie gleichzeitig die Hände in die Luft und riefen laut: »Power!!!«

Notfall-Einsatz

Detektivtagebuch von Kim Jülich
Mittwoch, 20:26 Uhr
Unser neuer Fall hat diesmal richtig schweißtreibend begonnen! Eigentlich wollten wir nur zum Ortstermin ins Café Lomo *und uns dort gründlich umsehen. Aber als wir mitbekommen haben, wie Nicky geschuftet hat, um die Verwüstung des Biergartens zu beseitigen, mussten wir ihr natürlich helfen. Es war eine echte Sisyphusarbeit. Der komplizierte Ausdruck stammt von Marie. Sie hat mal wieder mit ihrem Wissen aus dem Gymnasium geprahlt. Sisyphos war ein armer Kerl aus der griechischen Sagenwelt: Er musste zur Strafe immer wieder einen Marmorblock einen Berg hinaufwuchten, der oben sofort wieder heruntergerollt ist. Genauso kamen wir uns vor, als wir die schwarze Erde Krümel für Krümel aus den Ritzen der Holzdielen gekratzt haben. Fast noch schwieriger war es, alle Glassplitter der zerbrochenen Windlichter zu finden und aufzukehren. Schließlich kommen auch krabbelnde Kleinkinder ins Café, und die dürfen sich natürlich nicht mit den Glassplittern verletzen. Nach drei Stunden hatten wir es endlich geschafft. Nicky hat sich bei uns bedankt und uns zur Belohnung eine kostenlose Runde* LICK *ausgeschenkt. Trotzdem war der Tag für sie gelaufen. Sie musste den hässlichen Gartenzwerg wegschaffen und das Sonnensegel abnehmen und in eine Änderungsschneiderei zum Flicken bringen. Das alles hat so lange gedauert, dass sie den Biergarten heute nicht öffnen konnte – bei dem tollen Wetter ein saftiger Umsatzeinbruch! Die Arme, sie hat mir echt leidgetan.*

Wir hatten auch nicht viel Zeit, sie zu trösten. Wir mussten ja noch die Spurensicherung erledigen. Auf beiden Seiten der Mauer gab es leider keine Fußabdrücke. Der Boden war zu trocken und staubig. Dafür haben wir an einem zerknickten Zweig eine cremefarbene Kleiderfaser aus grobem Leinen gefunden. Aber das war auch schon unsere ganze Ausbeute. Danach haben wir die Nachbarn befragt, die sich den Innenhof mit dem Café Lomo *teilen. Beide haben ein wasserdichtes Alibi. Sie waren in der vergangenen Nacht nicht zu Hause und haben ihre Schlüssel auch angeblich garantiert nicht verloren oder an andere weitergegeben. Nicky kennt ihre Nachbarn gut und vertraut ihnen. Also gehen auch wir erst mal davon aus, dass sie uns die Wahrheit erzählt haben. Sabrina war nach Feierabend auch nicht im Café.*

Das erhärtet unseren Verdacht: Der Täter stammt vermutlich aus dem Umkreis der Kette Coffee & Cocoa. *Entweder war es Blom selbst oder jemand, den er zu der Tat angestiftet und bestimmt fürstlich bezahlt hat. Wer auch immer dahintersteckt, wir werden ihn aufspüren und überführen!*

Geheimes Tagebuch von Kim Jülich
Mittwoch, 20:45 Uhr

Achtung, jetzt wird's gruselig: Schreckhafte Leser sollten hier auf keinen Fall weiterlesen, sonst ist ihr seelisches Wohl ernsthaft in Gefahr. Also, Ben und Lukas, Finger weg von meinem Tagebuch! Ich merke es sofort, wenn ihr euch nicht an mein Verbot haltet. Wie heißt es so schön in dem Spruch, den ich heute zufällig im Internet entdeckt habe? »Eines Tages schwimmt die Wahrheit doch nach oben. Als Wasserleiche.«

Das hat man nun davon, wenn man offen und ehrlich ist! Ich hab Michi in einer ruhigen Minute gefragt, warum er auf einmal weniger Zeit für mich hat. Ich hab es extra nett formuliert. Dass ich mir Gedanken um ihn machen würde, dass ich ihn sehr vermisse, aber natürlich nicht einengen will, wenn er Zeit für sich braucht, und so weiter. Und wie hat er reagiert? Das Gegenteil von offen und ehrlich! Erst hat er herumgedruckst und dann hat er etwas von wichtigen privaten Terminen gemurmelt. Private Termine?! Was soll das denn sein? Dates mit anderen Mädchen? Pyrotechnische Geheimaktionen mit Felipe? Planen die beiden ein illegales Feuerwerk? Oder geht es um Spionage-Aktivitäten? Ich bin Bond, Michi Bond, und liebe es, teure Sportwagen zu Schrott zu fahren …
Spaß beiseite. Ich hab ein komisches Gefühl. Warum weicht Michi aus und gibt keine konkrete Antwort? Ich dachte, wir können über alles reden – auch wenn einer von uns mal Probleme hat. Hat Michi Probleme???
Stopp! Mein Gedankenkarussell dreht sich schon wieder auf Hochtouren. Ich muss warten, bis Michi mir von selbst erzählt, was hinter seinen privaten Terminen steckt. Früher oder später wird er es bestimmt tun. Ich muss nur ein bisschen Geduld haben.
Geduld! Die fehlt mir gerade total, vor allem wenn ich an Ben und Lukas denke. Die beiden schießen ständig mit ihren Wasserpistolen durch die Gegend und finden das auch noch wahnsinnig lustig. Es wird Zeit, dass ich ihnen die Dinger wegnehme. Ich hab auch schon einen stichhaltigen Grund für die Beschlagnahmung: unerlaubter Waffenbesitz bei Minderjährigen!

Ein feiner Regen sprühte auf Franzis Handy, während sie am nächsten Nachmittag auf dem Weg zum *Café Lomo* schnell noch eine SMS an Felipe tippte. Sie machte sich nicht die Mühe, die paar Tröpfchen wegzuwischen. Die SMS war sowieso gleich fertig. So – jetzt! Franzi schickte sie ab.

Liebster Felipe,
bin ganz rot geworden! Wenn du es sagst, glaub ich es, dass ich eine tolle Detektivin bin. Und du bist ein toller Freund! Danke, dass du nicht sauer bist, weil ich schon wieder in einem neuen Fall stecke.
<3 Franzi

Franzi steckte ihr Handy in die Außentasche ihres Regenanoraks. Auf den letzten Metern zum Café wurde der Regen plötzlich stärker. Franzi legte einen Sprint hin und erreichte endlich ihr Stammlokal.
Kim und Marie saßen schon auf den Sitzsäcken in der Lieblingsecke der drei !!!. Auf dem ovalen Tisch vor ihnen brannte ein Teelicht und in einer kleinen Vase steckte ein Wildblumenstrauß. Auf einmal fand Franzi die neue Sitzecke eigentlich ganz gemütlich. Auch die übrige Inneneinrichtung war nicht schlecht, Franzi hatte nur etwas Zeit gebraucht, um sich daran zu gewöhnen.
»Hallo zusammen!«, begrüßte sie ihre Freundinnen.
Marie zog verwundert die linke Augenbraue hoch. »Hast du im Lotto gewonnen oder Chrissie doch noch aus dem Fenster geworfen?«
»Weder noch«, antwortete Franzi fröhlich und strubbelte

sich die Regentropfen aus den Haaren. »Chrissie und ich haben einen Waffenstillstand geschlossen. Sie hat meinen Bereich freigeräumt, freiwillig! Und wir haben abgemacht, dass wir uns in Zukunft in Ruhe lassen. Wir wollen versuchen, uns aus dem Weg zu gehen.«

»Hört, hört!« Kim war genauso erstaunt wie Marie. »Die liebe Chrissie ist also doch noch zur Vernunft gekommen. Freut mich für dich.«

»Mal sehen, wie lange der Waffenstillstand anhält«, unkte Marie.

Franzi verpasste ihr einen Stoß gegen das Schienbein. »Du bist doch bloß neidisch, gib's zu!«

Marie zog eine Grimasse. »Überhaupt nicht! Lina und ich streiten uns *nie*, wie du weißt. Sie ist die perfekte kleine Schwester, wie aus dem Bilderbuch.«

Kim, Franzi und Marie bekamen einen Kicheranfall. Eine Minute lang konnten sie nicht sprechen, weil sie immer weiter lachen mussten.

Kim hatte sich als Erste wieder einigermaßen unter Kontrolle. »Mädels, wir haben heute noch was vor. Nicky erwartet uns in ihrem Büro.«

»Jetzt schon?« Franzi warf einen Blick auf ihre Armbanduhr. »Ich wollte mir gerade eine Cola und Cake-Pops bestellen.«

Kim blieb eisern. »Erst die Arbeit, dann das Vergnügen!«

Die drei !!! standen auf und gingen in den kleinen Büroraum im Flur rechts neben dem Tresen. Nicky saß hinter ihrem Schreibtisch. In den Ablagekästen türmten sich Belege und Papiere. Die Besitzerin starrte reglos auf die Stapel, ohne auch nur ein Papier in die Hand zu nehmen.

»Hallo, Nicky, da sind wir«, sagte Kim. »Hast du Zeit? Können wir dir ein paar Fragen stellen?«
»Was? Wie? … Äh, klar!« Nicky musste sich von ihren Gedanken losreißen, um sich auf das Gespräch mit den Detektivinnen zu konzentrieren.
Kim zückte ihren Notizblock. »Wohnst du eigentlich hier in dem Gebäude, über dem *Café Lomo*? Wenn ja, hast du dann vielleicht in der Tatnacht irgendwelche verdächtigen Geräusche gehört?«
»Nein, ich wohne nicht hier«, antwortete Nicky tonlos. »Die Nachbarn waren ja auch nicht da. Niemand hat was gehört oder gesehen. Es ist wie verhext.«
Franzi räusperte sich. »Wer könnte es – außer Blom natürlich – sonst noch gewesen sein? Hast du irgendwelche Feinde?«
»Feinde, ich? Nein.« Nicky sah die Detektivinnen erstaunt an. »Wie kommt ihr denn auf so eine Vermutung?«
Marie erklärte der Besitzerin, dass Profidetektivinnen immer in mehrere Richtungen ermitteln mussten. Dann zog sie ein Plastiktütchen aus ihrer Handtasche. »Diese Leinenfaser haben wir an der Mauer gesichert. Zu welchem Kleidungsstück könnte sie gehören? Fällt dir dazu irgendetwas ein?«
Nicky hob ratlos die Schultern. »Tut mir leid, da fällt mir gar nichts ein.« Aus dem Café drang ein scharrendes Geräusch. Nicky zuckte zusammen und sah unruhig zur Tür.
»War Blom wieder hier oder hat er sich telefonisch gemeldet?«, hakte Kim sofort nach.
»Nein.« Nicky dämpfte ihre Stimme zu einem heiseren Flüstern. »Aber ich befürchte, das wird nicht mehr lange dauern.

Ich bin mir nicht sicher, vielleicht hört er ja jetzt auch mein Handy ab.«
»Keine Panik!« Franzi versuchte die Besitzerin zu beruhigen. »Solange du dein Handy nicht verloren oder irgendwo liegen gelassen hast, halte ich das für sehr unwahrscheinlich.«
Nick zuckte mit den Schultern. »Auch das kann ich leider nicht hundertprozentig beschwören. Schon möglich, dass mein Handy mal kurz auf dem Tresen lag, wenn im Café besonders viel los war.«
»Verstehe«, sagte Marie. »Trotzdem gehen wir erst mal nicht davon aus. Vergiss nicht: Du bist nicht allein! Wir helfen dir. Und sobald sich Blom blicken lässt, rufst du uns an, einverstanden?«
»Einverstanden.« Nicky stand auf und knipste ihr Lächeln als Geschäftsfrau wieder an. »Ich danke euch.« Gemeinsam mit den drei !!! kehrte sie zurück ins Café, das in der Zwischenzeit deutlich voller geworden war.
Kim, Franzi und Marie bestellten Cake-Pops und Cola und gingen zum gemütlichen Teil des Treffens über. Marie organisierte wieder eines der neuen Tablets. Sie surften gerade durch das Kinoprogramm der Stadt, als plötzlich die Tür zum Café unsanft aufgerissen wurde.
Ein junger Mann stürmte herein. Er hatte noch nicht mal seine Jacke abgelegt, da brüllte er bereits quer durch den Raum: »Hallo?? Kommt hier vielleicht noch eine Bedienung? Ich möchte was bestellen.«
Als nicht sofort jemand reagierte, schlug der Mann mit der Faust auf den Tisch. »Wird's bald? Ich hab nicht ewig Zeit.«
Die übrigen Gäste drehten sich irritiert um. Auf einmal

herrschte peinliches Schweigen. Dem Mann schien das egal zu sein. Er randalierte weiter: dass ihm so was noch nie passiert sei, dass er langsam keinen Bock mehr habe und so weiter. Dabei drehte er sich demonstrativ zu den Gästen um. Kim nutzte die günstige Gelegenheit und notierte sich schnell die Personenbeschreibung des Mannes: Er war mindestens 1,85 Meter groß, hatte breite Schultern, volles schwarzes Haar, Dreitagebart und trug unter seiner blauen Regenjacke einen gestreiften Marinepulli und Jeans.

Nicky ging mit einem Pappbecher zum Tisch des Mannes. »Ein Cappuccino to go. Der geht aufs Haus, und wenn Sie es schon so eilig haben, will ich Sie nicht aufhalten.« Die Besitzerin öffnete demonstrativ die Tür.

»Ich soll verschwinden? Na toll!«, grummelte der Mann. Er zögerte kurz, aber dann entschloss er sich lieber doch zum Rückzug.

Als er gegangen war, atmeten die Gäste sichtlich auf. Nicky entschuldigte sich für die Störung und setzte wieder ihr strahlendes Lächeln auf. Als sie am Tisch der drei !!! vorbeikam, murmelte sie: »Der war schon mal hier! Ich bin mir sicher: Das ist noch so ein unverschämter Typ von *Coffee & Cocoa*!«

»Gut möglich.« Kim steckte ihr Notizbuch wieder ein und angelte sich den letzten Mini-Gugelhupf vom Teller. Plötzlich zischte es hinter ihrem Rücken.

Franzi drehte sich ruckartig um. Hinter der Theke quollen dicke Dampfwolken hervor. Das Zischen steigerte sich zu einem bedrohlichen Fauchen. Dann gab es einen Knall. Irgendetwas war explodiert!

»Ein Einsatz für uns, los!«, rief Marie.

Die drei !!! sprangen auf und rannten zur Theke. Kim schnappte sich ein Geschirrtuch und bekämpfte damit die Dampfwolke. Franzi hechtete über den Tresen, packte Leo an der Hand und zerrte ihn weg von der Gefahrenquelle.

Marie drängte inzwischen die Gäste zurück: »Los! Gehen Sie da rüber zur Wand. Weiter, weiter! Ja, so ist es gut.«

Jetzt waren auch Nicky und Sabrina zur Stelle. Sie halfen Marie, die Gäste in eine sichere Entfernung zu bringen. Die meisten waren so geschockt, dass sie widerspruchslos gehorchten. Erst als Franzi Leo vorsichtig auf einen Stuhl gesetzt hatte und der leise aufstöhnte, ging aufgeregtes Stimmengewirr durch das *Café Lomo*.

»Was ist passiert?« – »Was war das?« – »Was ist da explodiert?«

Keiner wusste eine Antwort. Kim legte mit zitternden Händen das Geschirrtuch weg. Die Dampfwolke hatte sich vollständig aufgelöst.

»Geht es Ihnen gut?«, fragte Nicky besorgt in die Runde. »Leo, bist du okay?«

»Ja, alles in Ordnung.«

Auch die anderen Gäste hatten die Dampfexplosion wie durch ein Wunder unbeschadet überstanden. Nachdem sich die größte Aufregung gelegt hatte, wurde schnell klar, dass die Kaffeemaschine kaputtgegangen war.

Nicky schlug entsetzt die Hände über dem Kopf zusammen. »Ich versteh das nicht! Erst neulich war doch der Kundendienst da und hat alles überprüft. Es tut mir so leid …« Entschuldigend wandte sie sich an ihre Gäste.

Die waren immer noch leicht verstört. Die meisten wollten schnell zahlen und gehen. Leo sprang beim Kassieren ein und half Sabrina. Im Nu leerte sich das Café. Die drei !!! zogen sich mit Nicky hinter die Theke zurück.
Die Besitzerin hatte Tränen in den Augen. »Das verzeihe ich mir nie!«, flüsterte sie.
»Dich trifft doch keine Schuld«, tröstete Kim.
Nicky schüttelte den Kopf. »Ich weiß! Aber der Kundendienst hat einen kleinen Defekt entdeckt, den wollte er bei seinem nächsten Besuch reparieren. Er hat mir versichert, dass ich die Kaffeemaschine trotzdem benutzen kann. Aber ich hätte es vielleicht nicht tun dürfen.«
Kim und Marie versuchten Nicky weiter davon zu überzeugen, dass sie keine Schuld an der Explosion hatte.
Franzi sah sich inzwischen die Kaffeemaschine genauer an. »Bei dieser Öffnung auf der rechten Seite muss jemand herumgeschraubt haben. Da sind Kratzspuren. Ich vermute, da hat jemand ein falsches Werkzeug benutzt. Merkwürdig! Das kann der Kundendienst doch nicht übersehen haben. Da hat jemand hinterher was manipuliert!«
Marie schnappte nach Luft. »Das könnte doch der Mann von vorhin gewesen sein, der so laut herumgebrüllt hat. Er könnte es im Auftrag seines Chefs getan haben, von diesem Blom.«
Kim runzelte die Stirn. »Nein, das ist unmöglich, ich hab den Mann genau beobachtet. Er kam nie auch nur in die Nähe der Theke.«
»Stimmt«, räumte Franzi ein, doch dann erinnerte sie sich daran, was Nicky zuvor erzählt hatte. »Vielleicht hat er ja bei

seinem letzten Besuch an der Kaffeemaschine herumgeschraubt. Wir müssen unbedingt Fingerabdrücke nehmen.«
Kim lief schnell zur Sitzecke, um aus ihrem Rucksack das Fingerabdruckset zu holen. Als sie zurückkam, hatte sie einen entschlossenen Zug um den Mund. »Und dann wird es höchste Zeit, dass wir diesem Blom mal auf den Zahn fühlen!«

Franzi ist die Beste

Die drei !!! waren bekannt dafür, dass sie nichts auf die lange Bank schoben. Bereits am nächsten Tag trafen sie sich gleich nach der Schule beim Rathaus, um mit den Rädern ins Industriegebiet zu fahren.

Marie warf rasch noch einen Blick auf ihr Smartphone, dann nickte sie ihren Freundinnen zu. »Ich hab mir die Strecke von meiner Biketours-App raussuchen lassen. Folgt mir unauffällig!« Sie setzte sich die Pilotenbrille auf die Nase, schwang sich auf ihr Mountainbike und düste los.

»Hey, nicht so schnell!«, beschwerte sich Kim. »Oder soll das hier eine Tour de France werden?«

Franzi zog freihändig an Kim vorbei. »Au ja! Warum nicht? Ich finde, du hast deine Fitness im Sommer echt gesteigert. Es hat sich gelohnt, dass wir so oft im Waldschwimmbad waren und Fahrradtouren gemacht haben.«

»Ihr seid schrecklich!«, stöhnte Kim. »Warum bin ich bloß mit euch befreundet?« Sie streckte Franzi die Zunge raus und trat anschließend kräftig in die Pedale. Offenbar wollte sie beweisen, dass Franzi doch recht hatte.

Bei strahlendem Sonnenschein durchquerten die Detektivinnen die Innenstadt, fuhren in Richtung Norden und bogen ins weitläufige Industriegebiet ab.

Marie steuerte zielstrebig durch die vielen kleinen Straßen, bis sie am Ende einer Sackgasse vor einem modernen fünfstöckigen Gebäude anhielt. »Da sind wir«, verkündete sie. »Hier ist die Zentrale von *Coffee & Cocoa*.«

Franzi betrachtete den Neubau mit der beeindruckenden Glasfront und den firmeneigenen, großzügigen Parkplatz. »Nicht schlecht! Die scheinen ja jede Menge Kohle zu haben.«
»Und sie sind gierig«, stellte Kim fest. Keuchend nahm sie ihren Fahrradhelm ab und wischte sich den Schweiß von der Stirn. »Sie wollen noch mehr Kohle und unser *Café Lomo* schlucken.«
Marie kettete ihr Mountainbike an einen Laternenpfahl. »Abwarten! Wenn wir diesen Blom zu fassen kriegen, könnte das ziemlich teuer für die Cafékette werden.«
Die drei !!! passierten die Drehtür und betraten die Eingangshalle. An den Wänden hingen großformatige Abzüge mit Fotos von lachenden Menschen, die Espresso tranken, und Kindern, die auf einer grünen Wiese spielten. Unter jedem Foto prangte der Schriftzug *Coffee & Cocoa*, als ob die Firma höchstpersönlich für das Glück dieser Menschen verantwortlich wäre.
Hinter einem geschwungenen Empfangstresen thronte eine Dame im schwarzen Business-Kostüm. »Herzlich willkommen bei *Coffee & Cocoa*, was kann ich für euch tun?«
Marie lächelte gewinnend. »Wir sind Freundinnen von Nicky, der Besitzerin des *Café Lomo*, und würden gerne Herrn Blom sprechen.«
»Selbstverständlich, sehr gerne«, antwortete die Empfangsdame. »Dauert nur eine Sekunde.« Sie griff zum Telefon und tippte eine dreistellige Nummer ein. »Bei mir sind drei Mädchen, die möchten Herrn Blom sprechen.« Sie lauschte kurz. »Alles klar, ich schicke sie zu euch rüber.« Die Dame legte auf. »Herr Blom ist gerade in der Marketingabteilung. Ihr

nehmt am besten den Aufzug, fahrt in den fünften Stock und haltet euch rechts. Im Großraumbüro wird man euch gerne weiterhelfen.«

»Vielen Dank!«, sagte Marie überrascht. Dass es so reibungslos laufen würde, hatte sie nicht erwartet. Fast war sie ein bisschen enttäuscht, dass sie diesmal ihre Schauspiel-Tricks nicht anwenden musste.

Die drei !!! folgten der Wegbeschreibung und standen kurz darauf im Großraumbüro der Marketingabteilung. In dem hellen, großen Raum duftete es nach frisch aufgebrühtem Kaffee.

Ein freundlicher junger Mitarbeiter kam auf die Mädchen zu. »Ihr wollt zu Herrn Blom, nicht wahr?« Er drehte sich zu seinen Kollegen um. »Ist Blom noch hier?«

»Leider nicht.« Eine Angestellte im Etuikleid schüttelte bedauernd den Kopf. »Er ist gerade raus. Aber er wollte zum Vertrieb. Wenn ihr euch beeilt, trefft ihr ihn noch dort.«

»Und wo ist die Vertriebsabteilung?«, erkundigte sich Franzi.

»Im ersten Stock.« Der junge Mitarbeiter führte sie zum Fenster. »Seht ihr? Es sind die Büroräume auf der Westseite.«

Kim seufzte. »Gut, vielen Dank.«

Die drei !!! kehrten um und liefen schnell wieder zum Aufzug. Der kam ewig nicht, also mussten sie die Treppen nehmen. Als sie schließlich außer Atem im Vertrieb ankamen, begegneten ihnen wieder sehr freundliche, aber bedauernde Gesichter.

»Oh, da habt ihr aber Pech!«, sagte ein Angestellter mit gepflegtem Vollbart. »Herr Blom hatte nicht viel Zeit, er war nur ganz kurz hier.«

Die Kollegin neben ihm nickte. »Er hat gleich ein wichtiges Meeting, aber wenn ihr euch beeilt, erwischt ihr ihn noch vorher.«
»Vielen Dank.« Die Formulierung »wenn ihr euch beeilt« kam Marie irgendwie bekannt vor. Misstrauisch sah sie die Mitarbeiter der Vertriebsabteilung an. Spielten die hier irgendein Spiel mit ihnen? Sie kam nicht dahinter. Die Gesichter waren alle gleich freundlich und glatt. Ein bisschen zu glatt.
Kim und Franzi kam die Sache auch merkwürdig vor. Trotzdem bedankten sie sich und rannten schnell zurück zum Empfang.
Die Dame hinter dem Tresen nippte gerade an ihrer Espressotasse. »Hattet ihr kein Glück? Ach, das tut mir aber wirklich sehr leid! Nein, jetzt darf ich Herrn Blom auf gar keinen Fall stören. Sein Meeting hat schon angefangen.«
Die drei !!! tauschten einen kurzen Blick. Spätestens jetzt war es klar, dass man sie absichtlich kreuz und quer durchs Haus geschickt hatte. Blom hatte nie vorgehabt, mit ihnen zu sprechen. Das war offenbar seine Art, unerwünschte Besucher freundlich und nachdrücklich abzuwimmeln.
Kim versuchte, sich nichts anmerken zu lassen. »Wie schade! Was machen wir denn jetzt? Können wir hier auf ihn warten?«
Die Empfangsdame wehrte ab. »Oh, normalerweise liebend gerne, aber dieses Meeting wird Stunden dauern. Habt ihr eine Handynummer, unter der euch Herr Blom erreichen kann? Er ruft euch dann so bald wie möglich zurück.«
Die drei !!! zögerten. Sollten sie der Frau die Visitenkarte des

Clubs geben? Eigentlich hatten sie nicht vorgehabt, ihre Identität als Detektivinnen preiszugeben. Andererseits wollten sie natürlich, dass Blom sich bei ihnen meldete.
Nachdem sie sich kurz flüsternd beraten hatten, beschlossen sie, ausnahmsweise ihre Prinzipien über Bord zu werfen. Wer weiß? Vielleicht hatte Blom sogar mehr Respekt vor ihnen, wenn er wusste, dass sie nicht nur drei harmlose Mädchen, sondern Detektivinnen waren.
»Vielen Dank.« Die Dame lächelte. »Wow, die Karte sieht ja sehr professionell aus! Also dann, auf Wiedersehen und einen schönen Tag noch.«
Enttäuscht wandten sich die drei !!! zum Ausgang. Marie sah sich noch einmal in der eleganten Empfangshalle um. Plötzlich entdeckte sie aus dem Augenwinkel einen vorbeihuschenden Schatten. Ein Mann mit einem Autoschlüssel in der Hand war auf dem Weg zum Ausgang. Marie kniff die Augen zusammen. Das war doch Herr Blom!
»Schnell, hinterher!«, zischte sie Kim und Franzi zu.
Die beiden hatten Blom auch bemerkt. Er trug einen hellen Sommeranzug. Soweit sie es aus der Entfernung erkennen konnten, war er aus einem dicken Baumwollstoff oder aus Leinen. Im Laufen dachte Franzi noch: Leinen? Dann sprintete sie los, überholte Marie und rannte dem Verdächtigen hinterher. Sie erreichte Blom, als er gerade den Autoschlüssel ins Schloss eines dunkelblauen Vans stecken wollte. Franzi zog schnell ihre Trinkflasche aus der Außentasche ihres Rucksacks, schraubte sie auf und tat so, als würde sie stolpern. Weil sie die Flasche absichtlich schief hielt, spritzte Orangensaft auf den Ärmel von Bloms Jackett.

Herr Blom fuhr herum. »Was machst du da? Du hast meinen Anzug ruiniert!«
»Das tut mir wahnsinnig leid!«, beteuerte Franzi.
»Wie kann man bloß so ungeschickt sein!« Blom versuchte hektisch, mit den Fingern den orangefarbenen Fleck aus seinem Jackett zu entfernen.
»Stopp!«, rief Franzi. »Das sollten Sie nicht tun, sonst reiben Sie den Fleck nur noch stärker rein. Bitte ziehen Sie das Jackett aus. Ich gehe zum Waschraum und bringe das wieder in Ordnung. Ich kenne mich mit Flecken aus, glauben Sie mir. Dauert auch nur eine Sekunde.«
Herr Blom stimmte widerstrebend zu. »Aber wehe, du ruinierst das Jackett noch mehr!«
»Vertrauen Sie meiner Freundin.« Marie, die mit Kim dazugekommen war, knipste ihren bewährten Charme an und redete mit Engelszungen auf Blom ein.
Franzi düste los. Im Waschraum hatte sie den Fleck mit Wasser und Papiertaschentüchern schnell rausgewaschen. Doch jetzt wurde es komplizierter. Franzi holte Lupe, Pinzette und ein Plastiktütchen aus ihrem Rucksack. Sie suchte eine lockere Stelle im Leinengewebe und zog geschickt eine Faser heraus. Die Faser landete im Plastiktütchen, danach verstaute Franzi wieder alle Utensilien im Rucksack.
Obwohl sie sich extra beeilt hatte, spürte sie bei ihrer Rückkehr sofort, dass Blom Verdacht geschöpft hatte. Er riss ihr das Jackett aus der Hand und schnaubte verächtlich, als er den großen Wasserfleck fand. »Super, ganz toll gemacht! Sag mal, das hast du doch mit Absicht getan, oder?«
»Nein, natürlich nicht!«, widersprach Franzi.

Herr Blom sah aus, als ob er den Detektivinnen gleich ins Gesicht springen würde. »Spielt mir hier keine Show vor! Ihr habt mir hinterherspioniert.«
»Wie bitte? Wovon reden Sie?« Kim setzte ein unschuldiges Lächeln auf.
Blom ließ sich davon nicht beeindrucken. »Von einer schlechten Show rede ich, die ihr hier abzieht!«
Es hatte keinen Zweck, höflich zu bleiben. Marie ging zum Gegenangriff über. »Gut, reden wir Klartext!«, sagte sie scharf. »Nicky hat uns alles erzählt. Dass Sie das *Café Lomo* kaufen wollen. Und dass Sie ihr Nein einfach nicht akzeptieren. Stattdessen üben Sie massiven Druck auf Nicky aus.«
»Wie können Sie diese Straftat eigentlich mit Ihrem Gewissen als Geschäftsmann vereinbaren?«, setzte Franzi nach.
Herr Blom hatte den drei !!! verblüfft zugehört. Sein Gesicht wurde immer röter vor Wut. »Straftat? Ich habe keine Straftat begangen, aber ihr befindet euch hier auf Firmengelände und wagt es, mich zu beschimpfen und zu bedrohen. Die Sache wird ein Nachspiel haben, das verspreche ich euch!«
»Ein Nachspiel? Ach ja?« Franzi verschränkte betont gleichmütig die Arme vor der Brust. »Da haben wir aber Angst!«
Blom machte den Mund auf, wollte etwas sagen und machte dann eine wegwerfende Handbewegung. »Schluss jetzt! Ihr verlasst auf der Stelle das Firmengelände!«
Marie hakte sich bei ihren Freundinnen unter. »Wir wollten sowieso gerade gehen. Die Luft ist uns zu schlecht. Irgendwie riecht es hier nach verbranntem Kaffee.« Damit machte sie auf dem Absatz kehrt und stolzierte mit Kim und Franzi zurück zu den Fahrrädern.

Sekunden später heulte ein Motor auf, Blom brauste mit seinem Firmenwagen davon. Die drei !!! starrten der Abgaswolke hinterher.
»Ein unangenehmer Typ«, stellte Kim fest. »Er fühlt sich unglaublich sicher, aber das wird sich noch ändern.«
»Vielleicht sogar sehr bald!« Franzi tastete in ihrer Hosentasche nach der Kleiderfaser, um sie ihren Freundinnen zu zeigen.
Da klingelte Maries Handy. Der Name auf dem Display zauberte ein Strahlen in ihr Gesicht. »Hi, Holger! Wie schön, dass du anrufst. Ja, ich vermiss dich auch total … Was sagst du? Du hast eine Überraschung für mich? … Wo soll ich hinkommen? … Ja, ich weiß, wo das ist. Bis gleich!« Marie stopfte das Smartphone in ihre Handtasche. »Holger wartet. Alles Weitere besprechen wir morgen, ja?«
»Aber das geht nicht!«, protestierte Franzi. »Du kannst doch jetzt nicht einfach abhauen.«
Marie winkte Kim und Franzi lächelnd zu. »Hab euch lieb. Tschüss, ihr zwei!« Pfeifend radelte sie mit ihrem Mountainbike davon.
»Ich muss leider auch los«, sagte Kim. »Meine Mutter will heute unbedingt meine Englisch-Vokabeln abhören.« Mit einem Stoßseufzer verabschiedete sie sich.
»Na toll!« Franzi blieb verdutzt alleine auf dem Parkplatz zurück. Kim und Marie hatten sie nicht mal danach gefragt, ob sie eine Kleiderfaser hatte sichern können. Anscheinend interessierte sie das überhaupt nicht.
Franzi ging hinüber zu ihrem Fahrrad. Was sollte sie jetzt mit dem angebrochenen Nachmittag tun? Michi anrufen, damit

er die Kleiderfasern miteinander verglich? Er war sehr geschickt bei solchen Untersuchungen. Franzi war kurz davor, ihn anzurufen, da bekam sie plötzlich unglaubliche Sehnsucht nach Felipe und drückte auf Wahlwiederholung.
»Hi, ich bin's! Können wir uns heute noch sehen? Du fehlst mir so!«
Nach einer kurzen Pause sagte Felipe: »Du fehlst mir auch total, aber heute geht es nicht. Ich muss meiner Mutter im Restaurant aushelfen.«
»Oh nein!« Franzis Laune sackte in den Keller. »Das ist echt blöd.«
»Finde ich auch.« Felipe schickte drei Küsschen auf Mobilfunk-Reise. »Ich denke an dich. Jede Minute. Mein Mädchen, mein Augenstern!«
Franzi lehnte ihre Wange gegen die Laterne. Für einen Augenblick glaubte sie, Felipes Wange an ihrer Wange zu spüren. Sie schickte drei Küsschen zurück. Felipe sagte ihr etwas ganz Liebes und sie sagte ihm etwas noch Lieberes. Danach beendete sie schweren Herzens das Gespräch.
»Also gut«, murmelte sie entschlossen. »Dann radele ich eben nach Hause und erledige den Faserabgleich selbst. Schließlich muss ja wenigstens eine vom Detektivclub arbeiten, sonst lösen wir den Fall nie!«
Als Franzi eine halbe Stunde später Chrissies Zimmertür aufmachte, stieß sie mit ihrer Schwester zusammen, die sich in eine aufdringliche Parfümwolke gehüllt hatte. Chrissie trug ein giftgrünes Top, Jeansrock und Boots. Gut gelaunt verkündete sie: »Ich geh jetzt shoppen!«
Die Tür hinter ihr schwang weit auf und Franzi traf fast der

Schlag. Berge von Kleidern und Schuhen lagen verstreut auf dem Boden. Das größte Chaos hatte Chrissie ausgerechnet in Franzis Bereich hinterlassen.

Chrissie, der Franzis Blick nicht entgangen war, entschuldigte sich halbherzig. »Keine Sorge, ich räum das auf, wenn ich wieder zurück bin. Bis später!«

»Das ist jetzt nicht dein Ernst!«, rief Franzi, aber da war Chrissie schon weg.

Franzi fluchte innerlich. Marie hatte also doch recht behalten. Chrissie hatte sich schon wieder nicht an die Abmachung gehalten. Na warte, die konnte was erleben! Wütend raffte Franzi die Sachen ihrer Schwester zusammen und warf sie in hohem Bogen in Chrissies Papierkorb. Dann ging sie zur Stereoanlage, legte eine CD der *Boyzzzz* ein und drehte extra laut auf.

»You are the best! So clever and smart«, sang Nick Voss, während Franzi das Tütchen mit der Kleiderfaser vom Tatort aus ihrer Schreibtischschublade zog.

Ausgebremst!

Vier Tage später, an einem sonnigen Dienstagmorgen, stellte Franzi den berühmten Kirschkuchen ihrer Mutter auf den Tisch im Hauptquartier. Zufrieden betrachtete sie die hübschen Teller mit dem Blumenmuster, das karierte Tischtuch und die Karaffe mit Eistee. Alles war perfekt. Sie hatte sogar extra noch Staub gesaugt und die Fenster des alten Pferdeschuppens geputzt, den die drei !!! für ihre geheimen Clubtreffen benutzten. Das Einzige, was noch fehlte, waren ihre Detektivkolleginnen.

Da ging das Tor auf und Marie kam herein. »Na, was sagst du, bin ich pünktlich oder komme ich genau zur verabredeten Zeit?«

Franzi grinste. In der Vergangenheit hatte Marie sich öfter mal verspätet, weil sie mit zu vielen Terminen jonglierte: unter anderem Aerobic, Pilates, Schauspiel- und Gesangsstunden. »Wenn du dich schon selber lobst, kann ich mir ja die Komplimente sparen«, stichelte Franzi. »Aber wo bleibt Kim?« Die Chefin der drei !!!, sonst die Pünktlichkeit in Person, glänzte heute ausnahmsweise mit Abwesenheit.

»Ach, die wird schon noch kommen.« Marie holte ihr Schminktäschchen heraus und frischte in aller Ruhe Lipgloss und Rouge auf. Danach schlug sie die Beine übereinander und nippte am Eistee, den ihre Freundin eingeschenkt hatte. Franzi trommelte ungeduldig aufs Tischtuch. »Ich hasse es zu warten! Das erinnert mich an unsere Ermittlungen. Die stecken auch gerade in der Warteschleife. Blom hat sich natürlich nicht bei uns gemeldet, aber das hatte ich mir fast schon gedacht.«

»Ich auch«, stimmte Marie ihr zu. »Und ist es nicht furchtbar schade, dass die Kleiderfasern nicht zusammengepasst haben?«

Franzi hatte bei ihrer Prüfung zweifelsfrei feststellen können, dass die Kleiderfasern nicht vom selben Stoff stammten. Das war unter der Lupe an der Struktur und der leicht abweichenden Farbe der Fasern deutlich zu erkennen gewesen.

»Ich könnte wetten, das Blom mehrere, ganz ähnliche Sommeranzüge aus Leinen besitzt«, meinte Franzi. »Und der Anzug, den er beim Überklettern der Mauer getragen hat, ist bestimmt schmutzig geworden. Der ist wahrscheinlich gerade in der Reinigung.«

Marie stellte ihr Glas ab und seufzte. »Tja, mit Vermutungen kommen wir leider nicht weiter. Beweisen können wir Blom noch gar nichts. Wir bräuchten schon seine Fingerabdrücke, um sie mit denen auf der Kaffeemaschine zu vergleichen.«

Franzis Magen machte sich mit einem leichten Hungergefühl bemerkbar. Sie nahm das Küchenmesser und schnitt den Kirschkuchen an. »Oder eine Spur von seinem Komplizen, dem Störenfried aus dem *Café Lomo*. Wir müssen Nicky zu diesem Mann noch mal befragen. Das könnte Kim erledigen, sie wohnt ja nicht weit weg vom *Lomo*.«

»Falls sie nicht in irgendeinem Wurmloch verschwunden ist.« Marie zog ihr Handy heraus und wählte Kims Nummer. Fünfmal ertönte das Freizeichen. Dann schaltete sich die Mailbox ein. »Hallo, Kim!«, sagte Marie. »Wo steckst du? Bitte melde dich!«

»Hoffentlich ist ihr nichts passiert!« Franzis Puls beschleunigte sich. Plötzlich musste sie an Oma Lottis Schlaganfall denken und wie schnell das Schicksal zuschlagen konnte.
Marie strich eine Falte ihres rot gepunkteten Sommerkleides glatt. »Mal nicht gleich den Teufel an die Wand! Sie wird schon noch auftauchen oder sich melden.« Marie wirkte nach außen völlig ruhig, aber Franzi wusste, dass auch sie sich Sorgen machte.
Um sich abzulenken, verteilte Franzi zwei Stück Kirschkuchen auf den Tellern und begann zu essen. »Hast du eigentlich bei deiner Zeitungsrecherche was herausgefunden?«
Marie strich eine Haarsträhne hinters Ohr. »Ach so, ja: Das hätte ich beinahe vergessen: Ich hab einen Artikel über *Coffee & Cocoa* entdeckt. Die Kette will weiter expandieren. In manchen Regionen – unter anderem auch in unserer Stadt – soll es aber sehr schwierig sein, passende Immobilien zu finden. Die Regionalgeschäftsführer geraten deshalb immer mehr unter Druck.«
»Seltsam, dass mich das nicht überrascht.« Franzi legte ihre Kuchengabel kurz ab. »Den Druck haben wir auch ganz schön zu spüren bekommen. Es hat nicht viel gefehlt und Blom hätte uns die Polizei auf den Hals gehetzt.«
Marie nickte. »Er hat sich ganz schön aggressiv verhalten. Ich war total froh, als ich endlich abhauen konnte. Das Date mit Holger war übrigens superschön. Stell dir vor, er hat mich zu einem Überraschungspicknick ins Grüne eingeladen! Er hatte einen Picknickkorb dabei, der war randvoll mit leckeren Sachen, die er alle selbst gemacht hatte. Ist das nicht wahnsinnig süß von ihm?«

»Sehr süß!«, musste Franzi zugeben. Sie kannte allerdings einen Jungen auf der Welt, der noch tausendmal süßer war als Holger: Felipe Baer-Carvallo!

Ein Luftzug traf Franzis Nacken. Das Tor des Pferdeschuppens wurde aufgerissen. Wie ein Sturmwind schneite Kim herein, mit hochroten Wangen und blitzenden Augen. »Es gibt Neuigkeiten, brandaktuelle Neuigkeiten!«

Franzi und Marie sprangen von ihren Stühlen auf.

»Wo warst du denn?«, fragte Franzi. »Wir warten schon seit einer Stunde auf dich!«

»Wir haben uns Sorgen um dich gemacht!« Marie sah Kim vorwurfsvoll an.

Die rief nur aufgeregt: »Später, später. Erst müssen wir uns in die Kutsche zurückziehen. Was ich euch sagen will, ist nämlich topsecret!«

Franzi und Marie wurden immer unruhiger. Die Detektivinnen hatten die Pferdekutsche schon lange nicht mehr benutzt. Es kam nur selten vor, dass sie dort hineinkletterten und das Verdeck zuzogen, um ganz sicherzugehen, von niemandem belauscht zu werden.

Kim meinte es tatsächlich ernst. Hastig stieg sie in die Kutsche. Franzi und Marie folgten ihr. Endlich rückte Kim mit ihrer Neuigkeit heraus. Die stand in einem Brief, den Kim aus ihrer Tasche zog. »Ratet mal, wer uns geschrieben hat. Der Rechtsanwalt von Herrn Blom! Ich erspar euch sein umständliches juristisches Gelaber und komme gleich zur Sache. Er verbietet uns, den Ruf von *Coffee & Cocoa* zu schädigen und weiter zu ermitteln. Ist das nicht die Höhe?«

»Was gehen den unsere Ermittlungen an?« Marie war sauer.

Kim holte tief Luft. »Das war leider noch nicht alles: Er hat uns gedroht! Wenn wir uns nicht daran halten, will er rechtliche Schritte einleiten und sich mit unseren Eltern in Verbindung setzen.«

»Das kann er nicht machen!« Franzi schlug mit der Faust auf die Bank der Kutsche. Eine kleine Staubwolke wirbelte aus der abgeschabten Lederpolsterung.

Kim faltete den Brief zusammen. »Ich fürchte, doch. Er hat sich auf irgendwelche Paragrafen berufen, in denen es um Rufschädigung und um Jugendschutzgesetze geht. Ich glaube ihm sogar. Meine Mutter würde ausrasten, wenn sie einen Brief von einem Rechtsanwalt bekommt! Sie zickt sowieso gerade wieder rum, weil ich ihrer Meinung nach am Schulanfang viel zu wenig lerne. Die würde mir glatt den Detektivclub verbieten.«

»Moment mal!« Marie richtete sich so abrupt auf, dass sie mit dem Kopf gegen das Verdeck stieß. »Autsch! Warum hat der Typ eigentlich nicht gleich an unsere Eltern geschrieben statt an dich?«

Franzi hustete, weil ein Staubteilchen in ihre Lunge geraten war. »Da fällt mir nur ein Grund ein: Er kennt unseren Club und hat schon mal in der Zeitung über uns gelesen.«

»Du meinst, weil wir schon so berühmt sind?« Unverkennbarer Stolz schwang in Kims Stimme mit.

»Ach so!« Marie rieb sich ihren Hinterkopf. »Daran hab ich gar nicht gedacht, aber so muss es sein.«

»Und eins ist sonnenklar«, analysierte Franzi. »Dieser Brief beweist, dass *Coffee & Cocoa* definitiv etwas zu vertuschen haben. Sie nehmen massiv Einfluss auf ihre Konkurrenten.

Womöglich sind auch noch andere Cafébesitzer betroffen.« Kim klappte das Verdeck der Kutsche hoch. Plötzlich war es so hell, dass die drei !!! blinzeln und sich die Hände vor die Augen halten mussten.

»Was sollen wir jetzt bloß tun?« Kim sprach die entscheidende Frage aus, die in der Luft lag. »Wie geht es weiter?«

Marie versuchte ohne Spiegel ihre verwuschelten Haare zu bändigen. »Ihr werdet euch doch nicht von diesem Rechtsanwalt einschüchtern lassen! Wir werden unsere Ermittlungen natürlich nicht einstellen, das ist doch klar, oder?«

»Ja, schon.« Franzi sprang mit einem Satz aus der Kutsche. »Trotzdem müssen wir Vorsichtsmaßnahmen treffen.«

»Wie stellst du dir das vor?«, wollte Kim wissen. »Sollen wir uns mit einem magischen Trick unsichtbar machen?«

Franzi schüttelte den Kopf. »Das klappt wahrscheinlich nicht so gut. Es muss eine andere Lösung geben …« Sie grübelte und lud sich ein zweites Stück Kuchen auf den Teller.

»Äh … könnte ich auch was haben?«, fragte Kim.

»Ja, klar.« Franzi drückte ihren Teller Kim in die Hand und lief im Hauptquartier auf und ab. Dabei murmelte sie unverständliche Worte vor sich hin. Plötzlich blieb sie stehen, klatschte in die Hände und rief: »Ich hab's!«

»Was denn?« Auf Maries Stirn erschien ein großes Fragezeichen.

Franzi lief zum Bürocontainer, machte hektisch zwei Schubladen auf, stöberte darin, holte zwei Tüten heraus, verstaute sie in ihrem Rucksack und sagte: »Vertraut mir! Kommt einfach mit.«

»Was – jetzt? Wohin denn?« Kim fand die Vorstellung, ihre

Zuckerzufuhr so abrupt zu unterbrechen, alles andere als toll. Aber Franzi drängelte. »Ich hab eine Idee, aber die ist mindestens genauso topsecret wie der Brief. Kommt ihr jetzt mit oder muss ich das alleine durchziehen?«

»Klar kommen wir mit«, sagte Marie und griff nach ihrer Handtasche.

Kim stöhnte. »Lasst mich wenigstens noch einen Schluck Eistee trinken, bevor wir aufbrechen. So viel Zeit muss sein.« Sie trank hastig im Stehen und war als Erste beim Tor. Auf einmal war sie doch schrecklich neugierig, was Franzi vorhatte.

Die drei !!! radelten zurück in die Stadt. Bald wurde Kim und Marie klar, wo Franzi hinwollte: zum Schillerpark. Die Detektivinnen stiegen ab und versteckten ihre Räder hinter einem Busch. Dann sah sich Franzi suchend um. »Hm … wir brauchen einen sehr alten Baum, zum Beispiel eine Eiche oder eine Buche.«

Marie verdrehte die Augen. »Verrätst du uns jetzt endlich dein großes Geheimnis?«

»Pssst!« Franzi legte den Zeigefinger auf die Lippen und checkte zuerst, ob jemand in der Nähe war. Sie wartete ab, bis eine Frau mit ihrem Kinderwagen vorbeigefahren war. Ansonsten gab es zum Glück gerade keine Besucher im Schillerpark. Franzi setzte ihren Rucksack ab und holte die Tüten heraus.

Kim starrte ratlos auf die Gegenstände, die nach und nach zum Vorschein kamen. »Eine Metalldose, eine Schnur und ein Angelhaken? Was willst du denn damit anstellen?«

Franzi grinste. »Keinen blassen Schimmer? Wirklich nicht?«

»Doch!«, rief Marie plötzlich laut, schlug sich erschrocken mit der Hand auf den Mund und flüsterte: »Ein toter Briefkasten?«
Franzi nickte. »Du hast es erraten! Ich beschäftige mich schon länger mit dem Thema. Im Internet hab ich eine Bastelanleitung gefunden und mir für alle Fälle die Utensilien dafür besorgt. Aber ich hätte nie gedacht, dass sie so schnell zum Einsatz kommen würden.«
»Du bist genial!« Kim klopfte Franzi auf die Schulter. »So können wir heimlich Nachrichten mit Nicky austauschen und gefahrlos weiterermitteln. Der Rechtsanwalt bekommt davon nichts mit und Blom auch nicht, falls er wirklich Nickys Handy überwachen sollte.«
Die drei !!! machten sich auf die Suche nach einem geeigneten Baum. Sie fanden eine alte Eiche mit einem Astloch, das tief genug war. Franzi befestigte den Angelhaken an der Metalldose und ließ die Dose mit der Schnur ins Astloch hineingleiten. »Perfekt«, stellte sie zufrieden fest. Niemand, der vorbeikam und das Versteck nicht kannte, konnte etwas erkennen. Das Schnurende war mit bloßem Auge kaum von der Baumrinde zu unterscheiden.
»Jetzt müssen wir noch den genauen Standort per GPS ermitteln«, sagte Marie.
Franzi pfiff anerkennend durch die Zähne. »Du kennst dich ja auch super aus. Willst du das vielleicht übernehmen?«
Marie aktivierte bereits ihr Smartphone. »Das hätten wir.«
Kim notierte sich die GPS-Daten von Maries Handy auf ihrem Notizblock. »Dann sollten wir schnell zum *Café Lomo* fahren und Nicky heimlich den Zettel zustecken.«

Schock am Sonntagmorgen

In den frühen Morgenstunden am Sonntag hatte Franzi einen wunderschönen Traum: Sie flog mit Felipe über den Freizeitpark *Sugarland.* Ihre Arme und Beine waren federleicht. Sie fühlte sich frei wie ein Vogel und lachte Felipe zu. Der lachte zurück und zeigte nach unten. Das Kettenkarussell drehte sich. Auf seinem Dach blinkte ein großes Herz mit den Buchstaben *F & F.* Das Herz blinkte nicht nur, es klingelte jetzt auch. Merkwürdig, das Klingeln klang wie ein Telefon …

Franzi wachte auf und richtete sich verwirrt im Bett auf. Da hörte sie von unten das Telefon im Wohnzimmer klingeln. Franzis Vater ging ran. »Hier Dr. Winkler. Ihre Kuh? Oje! Komplikationen bei der Geburt? Machen Sie sich keine Sorgen. Meine Frau und ich fahren sofort zu Ihnen.«

Franzi hörte ihre Eltern leise miteinander reden und Frau Winkler sagen: »Wir legen Oma und den Kindern einen Zettel in die Küche. Sie haben sicher nichts dagegen, wenn wir heute etwas später frühstücken.« Kurz darauf fiel die Haustür ins Schloss.

Franzi gähnte und streckte sich wohlig unter der warmen Bettdecke. Nein, sie hatte überhaupt nichts dagegen, noch eine Runde zu dösen. Es war so herrlich ruhig im Haus. Chrissies Atemzüge vom anderen Bett klangen tief und gleichmäßig. Oma Lotti schlief bestimmt auch noch, und Stefan, der sonst oft schon früh Musik hörte, übernachtete bei seiner Freundin.

Franzi machte wieder die Augen zu. Sie fühlte sich immer noch unglaublich leicht, fast schwerelos, und glitt sanft hinüber in den nächsten Traum. Diesmal sank sie mit Felipe in eine Wolke aus rosa Zuckerwatte. Felipe warf ihr Kusshände zu. Seine zärtliche Stimme flüsterte: »Es ist so schön mit dir.« Er nahm Franzi bei der Hand. Sie standen auf und sprangen Trampolin in der Zuckerwatte.
»Und jetzt lass uns Autoscooter fahren«, schlug Franzi vor. Sie breitete die Arme aus und flog los.
Rumms!
»Was machst du da?«, rief Felipe.
Franzi ruderte verzweifelt mit den Armen. »Ich weiß nicht. Ich kann nicht mehr fliegen, ich falle, falle, falle …«
Franzi fuhr im Bett hoch. Ihr Herz raste. Sie fiel nicht mehr, sie lag sicher auf ihrer Matratze. »Es war nur ein Traum«, versuchte sie sich selbst zu beruhigen.
Rumms!
Aber das Geräusch war echt! Es kam aus der Küche. Franzi lauschte angestrengt.
»Hilfe!«, kam es schwach von unten.
Oma Lotti! Jetzt war Franzi hellwach. Sie sprang aus dem Bett, rannte zur Tür, die Treppe hinunter und in die Küche. Im Türrahmen blieb sie entsetzt stehen. Oma Lotti lag in ihrem rosa Nachthemd auf dem Boden – mitten in einem Brei aus gelblichen Flocken und einem weißen See, auf dem ein leerer Karton schwamm.
»W…was ist passiert?«, stammelte Franzi.
Oma Lotti wischte sich ein paar Müsliflocken vom Ärmel und lächelte schief. »Gar nichts, Kind, gar nichts!«

Hinter sich hörte Franzi jemanden barfuß über den Flur tappen. Dann stand Chrissie in der Küche. »Oma Lotti!«
Franzi zuckte bei dem leisen Schrei ihrer Schwester zusammen. Für einen Augenblick war sie wie gelähmt und fühlte sich beinahe so hilflos wie Oma Lotti. »Was sollen wir jetzt tun?«, flüsterte sie.
Chrissie schluckte. »Wir … wir müssen ihr wieder auf die Beine helfen!«
»Ja, natürlich!« Franzi atmete tief durch. Entschlossen watete sie durch den Milchsee zu Oma Lotti und griff unter ihren linken Arm.
Chrissie stützte den rechten Arm. Mit vereinten Kräften schafften sie es. Oma Lotti stand wieder auf beiden Beinen, etwas wackelig zwar, aber sie konnte mit ihren Enkelinnen die paar Schritte zum nächsten Stuhl gehen. Erschöpft setzte sie sich und Chrissie schob ihr ein weiches Kissen in den Rücken.
»Tut dir was weh? Hast du dich verletzt?«, fragte Franzi. Besorgt betrachtete sie die Arme und Beine ihrer Großmutter. Auf den ersten Blick konnte sie zum Glück keine Schürfwunden und kein Blut entdecken.
Oma Lotti wehrte ab. »Es ist alles gut. Ich hab mir nur ein paar blaue Flecken geholt, die gehen wieder weg.«
Franzi fiel ein Riesenstein vom Herzen. Erst im Nachhinein wurde ihr bewusst, was alles hätte passieren können. Oma Lotti hätte sich auch ein Bein brechen können oder das Hüftgelenk! Franzi und Chrissie sahen sich erleichtert an.
»Du hast uns vielleicht einen Schrecken eingejagt«, sagte Chrissie. »Komm, Franzi, wir beseitigen schnell das Chaos

hier.« Sie lief zum Putzschrank und holte den Schrubber heraus. Franzi organisierte einen Eimer.
Als sie fast fertig waren mit dem Putzen, fing Oma Lotti plötzlich an zu weinen. »Dauernd falle ich euch zur Last!«, schluchzte sie. »Ich wollte mir doch nur selber ein Müsli machen, weil ich Hunger hatte und euch nicht aufwecken wollte.«
Franzi stellte den Putzeimer ab und streichelte ihrer Oma übers Haar. »Ich weiß, ich weiß. Es wird alles gut. Und du fällst uns nicht zur Last!«
»Ihr seid so liebe Kinder.« Oma drückte ihre Wange an Franzis Gesicht und beobachtete gerührt, wie Chrissie die Putzsachen im Schrank verstaute.
»Wir helfen dir doch gerne«, versicherte Chrissie. »Ich hol dir jetzt ein frisches Nachthemd, Franzi macht dir dein Müsli und danach ruhst du dich im Wohnzimmer auf dem Sofa aus. Na, wie klingt das?«
»Sehr gut.« Oma Lotti wischte sich die Tränen aus den Augenwinkeln.
Eine Viertelstunde später saß sie in eine Decke gewickelt auf dem Sofa und machte nach der ganzen Aufregung ein Nickerchen.
Franzi und Chrissie blickten sich stumm an. Dann gingen sie aufeinander zu und fielen sich in die Arme.

Nach einem verspäteten Familienfrühstück, bei dem besonders viel geredet und gelacht wurde und Oma Lotti aus ihrer Kindheit erzählte, sehnte Franzi sich danach, an die frische Luft zu kommen. Spontan entschloss sie sich, eine Runde

skaten zu gehen. Draußen war es bewölkt und ziemlich windig, aber das war ihr gerade recht. Schnell und gleichmäßig fuhr sie durch die Straßen. Mit jedem Schwung wurde ihr leichter ums Herz. Plötzlich fiel ihr ein, warum sie so verrückte Sachen vom Freizeitpark geträumt hatte. Heute Abend war sie mit Felipe im *Sugarland* verabredet! Zum wahrscheinlich letzten Mal vor Felipes Abreise würde sie mit ihm über den bunt erleuchteten Park schlendern, Autoscooter fahren, auf dem Springpferdkarussell sitzen und Zuckerwatte essen. Sie konnte es kaum erwarten!
Franzi fuhr weiter. Ohne es zu planen, hatte sie einen Weg in Richtung Stadt eingeschlagen. Der Schillerpark war gar nicht mehr weit. Ob Nicky wohl endlich im toten Briefkasten eine Nachricht hinterlassen hatte? In den letzten Tagen hatten die drei !!! vergeblich nachgesehen. Franzi machte sich keine großen Hoffnungen, entschied sich aber trotzdem für einen Abstecher zur alten Eiche.
Die Blechdose klapperte verheißungsvoll, als Franzi sie nach oben zog. Es war wirklich eine Nachricht darin! Aufgeregt entzifferte Franzi die krakelige Schrift des Briefes:

Hallo, Kim, Franzi und Marie,
ich hab heute um 6:31 Uhr eine SMS bekommen, die mir gar nicht gefällt. »Ich werde jetzt immer in deiner Nähe sein«, hat mir jemand geschrieben. Auf meinem Display stand »unbekannter Absender«. Seither geht es mir gar nicht gut. Ich hab das Gefühl, dass ich verfolgt werde! Von diesem Typen, der mir die SMS geschrieben hat.
Ich brauche eure Hilfe! Könnt ihr heute um 19 Uhr zum Café

Lomo kommen und euch in der Nähe verstecken? Wenn ich rauskomme und nach Hause gehe, müsst ihr beobachten, ob mir jemand heimlich folgt. Würdet ihr das tun???
Viele liebe Grüße
Nicky

Sofort kribbelte es in Franzis Fingern. Was für eine Frage! Natürlich würden die drei !!! Nickys Auftrag erfüllen. Als Franzi den Brief zusammenfaltete, fiel ihr Blick noch einmal auf die Uhrzeit: 19 Uhr. Oh nein! Um 19 Uhr hatte sie sich mit Felipe im Freizeitpark verabredet! Sie konnte ihn nicht schon wieder versetzen. Andererseits würde sie es sich niemals verzeihen, wenn Nicky etwas zustieße, weil sie die Besitzerin des *Café Lomo* nicht beschützt hatte. Es war ein Teufelskreis.
Minutenlang rang Franzi heftig mit sich, dann holte sie ihr Handy heraus und rief Felipe an. »Du, ich muss dir was ganz Schlimmes beichten.«
Felipes Stimme klang höchst besorgt. »Was denn? Ist dir was passiert?««
»Nein, mit mir ist alles in Ordnung, aber …«, Franzi fiel es unendlich schwer weiterzureden, »… aber ich kann heute Abend nicht in den Freizeitpark kommen. Eine Mandantin von uns ist in Gefahr. Wir müssen ihr heute Abend Personenschutz geben.«
Schweigen in der Leitung.
»Sag doch was, Felipe! Es tut mir wahnsinnig leid, aber ich glaube, ich darf unsere Mandantin jetzt nicht im Stich lassen.«

Felipe seufzte. »Du verlangst sehr viel von mir, weißt du das?« Wieder schwieg er gefühlte fünf Minuten lang. Dann sagte er zögernd: »Okay. Wir verschieben unser Date. Aber das nächste Mal kommst du ins *Sugarland*, versprochen?«

»Ich schwör's dir!«, versprach Franzi. »Ich danke dir, du bist wunderbar.« Nachdem sie Felipe glaubhaft versichert hatte, dass sie gut auf sich aufpassen würde, legte sie schnell auf, holte ihren Notizblock heraus und kritzelte mit Kugelschreiber eine Nachricht auf das oberste Blatt:

Hallo, N.,
Wir werden da sein! Auf einem extra Zettel findest du ein paar Tricks für den Nachhauseweg. Wende sie bitte an, damit wir schneller wissen, ob du wirklich verfolgt wirst.
Viel Glück,
DDA

Franzi legte die zwei Zettel in die Metalldose und versenkte die Dose im Versteck. Traurig starrte sie in das dunkle Astloch. Warum musste Felipe ausgerechnet jetzt nach Mexiko fliegen, wo alles zwischen ihnen so perfekt war?

»Mein Kleiderschrank gehört euch. Bitte bedient euch!« Marie fuhr die Schiebetür zur Seite und gewährte ihren Freundinnen den vollen Blick in ihr heiliges Reich.

Es war halb sechs und die drei !!! hatten noch eine Stunde Zeit, um sich zu Hause bei Marie für die Beschattung zu verkleiden. Sie wollten heute Abend auf keinen Fall erkannt werden und ungestört ermitteln.

»Wow! Ich fühle mich geehrt.« Franzi zwinkerte Kim zu. Dann ließ sie die knisternden Stoffe auf den Bügeln durch ihre Hände gleiten.

Seit der Gründung des Clubs hatte Marie ihren Fundus an verrückten Kleidern und Perücken konsequent ausgebaut. Ihre Kollektion konnte sich wirklich sehen lassen.

»Wie wär's denn zum Beispiel damit?«, meinte Franzi und hielt Kim ein knallgelbes Fransen-Top hin. »Eine coole Sonnenbrille dazu und du siehst sofort drei Jahre älter aus.«

Kim kicherte. »Wenn ich als Kanarienvogel herumlaufen soll, musst du aber den Leopardenmantel tragen!«

»Iiieh!«, protestierte Franzi. »Nie im Leben!«

Marie rümpfte die Nase. »Das ist natürlich kein echter Leopard. Aber wer nicht will, der hat schon. Dann nehme ich den Mantel. Heute Abend soll es kühl werden.

Nach vielem Gekicher und Hin und Her hatten sich die Detektivinnen endlich auf drei Outfits geeinigt: braune Langhaarperücke, Bikerjacke, Fransentop und Röhrenjeans für Kim und eine blonde Lockenperücke für Franzi, die super zu ihrem wadenlangen Batik-Kleid passte. Marie schoss wieder mal den Vogel ab. Zum Leopardenmantel kombinierte sie ein edles Kopftuch, Perlenkette und schwarze Pumps. Sie sah aus wie Grace Kelly, die berühmte ehemalige Prinzessin von Monaco. Begeistert drehten sich die Freundinnen vor dem Spiegel.

Da kam Tessa mit ihrem kugelrunden Babybauch ins Zimmer. Verdutzt sah sie die Mädchen an. »Was habt ihr denn vor? Geht ihr heute noch zu einer Kostümparty?«

»So was Ähnliches«, sagte Marie und wurde nicht mal rot

dabei. Dann wechselte sie geschickt das Thema. Was hast du denn da dabei? Ist der süß!« Sie zeigte auf einen winzigen weißen Strampler, den Tessas in Händen hielt.

»Ist der etwa selbst gestrickt?«, wollte Franzis wissen.

Tessa nickte. »Ja. Er ist gerade fertig geworden. Dazu gehören noch ein Jäckchen und eine Mütze. Jetzt hab ich zehn Strick-Kombinationen, sieben selbst geschneiderte Bodys und sechs Baumwollhosen mit Gummizugbund. Meint ihr, das reicht als Erstausstattung?«

Kim war eindeutig überfordert. Sie konnte einen defekten Computer wieder zum Laufen bringen, aber mit Erstausstattungen und Babykleidern kannte sie sich nicht aus. »Äh … ganz bestimmt«, sagte sie.

Tessa strahlte selig und strich sich über den Bauch. »Deine große Schwester findet den Strampler süß. Dann wird er dir auch gefallen, oder?« Sie lauschte und schien tatsächlich auf eine Antwort des ungeborenen Babys zu warten.

»Hey!«, rief Marie plötzlich. »Ich hab eine Idee. Du könntest doch eine *Think Nature*-Baby-Kollektion entwerfen.«

Tessa lächelte. »Baby-Kollektion, klar! Ich muss gleich mal nach meinen Schnittmustern sehen und werde schon …« Sie fing an, Selbstgespräche zu führen, legte den Strampler auf ihren Bauch und verließ das Zimmer, ohne sich von den Mädchen zu verabschieden.

Marie wusste nicht, ob sie lachen oder wütend sein sollte. Tessa wurde immer seltsamer, je näher die Geburt rückte. Kaum zu glauben, was so ein paar Schwangerschaftshormone alles anrichten konnten. »Hab tausend Dank, Marie, für deine tolle Idee!«, rief sie Tessa laut hinterher.

Ein verhängnisvoller Fehler

Ein friedlicher Spätsommerabend in der Stadt. Die Menschen schlenderten nach Feierabend auf den Gehsteigen, saßen in den Straßencafés und trafen sich mit Freunden. Alle waren so unbeschwert, so sorglos und gingen wie selbstverständlich davon aus, dass dieser Abend genauso friedlich enden würde. Franzi beneidete sie darum. Sie selbst war von Sorglosigkeit weit entfernt. Irgendwo da draußen lief ein Verbrecher herum und die Leute hatten keine Ahnung.

»Welche Postkarte soll ich denn jetzt nehmen?« Marie riss Franzi aus ihren Gedanken. Unschlüssig hielt sie zwei Karten hoch, die sie aus dem Drehständer eines Souvenirladens gezogen hatte. Auf der einen war die Heimatstadt der drei !!! bei Sonnenuntergang zu sehen und auf der anderen bei Tageslicht.

»Ist doch egal«, meinte Franzi achselzuckend. »Nimm am besten beide.«

Marie schüttelte unwillig den Kopf. »Nein, ich nehme zweimal den Sonnenuntergang. Das ist die perfekte Urlaubskarte.«

»Finde ich auch«, stimmte Kim zu. Sie breitete theatralisch die Arme aus. »Es ist soooo schön hier! Das Reisebüro hat uns nicht zu viel versprochen: Was für eine tolle Stadt!«

Franzi musste sich auf die Unterlippe beißen, um nicht loszulachen. Die drei !!! hatten ausgemacht, heute harmlose Touristinnen zu spielen, aber Kim übertrieb es ein wenig mit ihrer Show.

»Kimberley?«, sagte Marie zuckersüß. »Du bist sicher so lieb und bezahlst drinnen schnell die Karten für mich.«
»Natürlich.« Kim hatte den Wink verstanden und verschwand mit hochrotem Kopf im Souvenirladen.
Franzi und Marie konzentrierten sich wieder auf ihre eigentliche Aufgabe. Unauffällig sahen sie zum *Café Lomo* hinüber. Eine Traube junger Leute kam heraus. Hinter ihnen erschienen Nicky, Leo und Sabrina in der Eingangstür.
»Es geht los!«, zischte Franzi.
Kim trat aus der offenen Ladentür und grinste. »Da komme ich ja gerade rechtzeitig.«
Die drei !!! beobachteten, wie Nicky sich von ihren Angestellten verabschiedete und das Café abschloss. Umständlich steckte sie den Schlüssel in die Tasche, drehte sich um und lief langsam los. Als sie die nächste Straßenkreuzung erreicht hatte, verließen die Detektivinnen ihren Beobachtungsposten und folgten der Besitzerin des *Café Lomo* im Sicherheitsabstand von ein paar Metern.
Nicky bog nach rechts in die Frickestraße ab. Franzi sortierte rasch die Menschen aus, die als Verfolger nicht infrage kamen: eine Familie mit zwei kleinen Kindern, ein verliebtes Pärchen und eine Frau mit Rollator. Dann fiel ihr ein junger Mann im kakifarbenen Parka auf. Er trug ein Basecap mit extrabreitem Schirm, der sein Gesicht komplett verschattete, und hatte die Hände in den Hosentaschen vergraben. Franzi stupste Kim an, und die gab Marie heimlich ein Zeichen. Konnte er derjenige sein?
Jetzt kam es auf Nicky an. Würde sie Franzis Tricks anwenden? Ja, sie beschleunigte ihre Schritte. Der Typ im Parka

ging auch schneller. Kurz darauf wurde Nicky wieder langsamer und auch der Mann verringerte sein Tempo. Nicky lief weiter Richtung Norden. Plötzlich blieb sie stehen und verschwand in einem Handyladen. Der Mann machte einen Zwischenstopp beim Zeitungskiosk vor dem Handyladen und las scheinbar interessiert die Schlagzeilen.

Die drei !!! duckten sich hinter einer Plakatwand und sahen sich an. Sie waren sich absolut einig: Der Typ im Parka verfolgte Nicky!

Die Besitzerin des *Café Lomo* trat aus dem Handyladen und ging weiter. An ihren hastigen Schritten merkte man, dass sie den Verfolger inzwischen in ihrem Rücken spürte. Sie ließ das Zentrum hinter sich und bog in eine ruhige Seitenstraße ab. Hier gab es nicht mehr so viele Geschäfte und auch deutlich weniger Leute. Die drei !!! vergrößerten ihren Sicherheitsabstand etwas.

Der Mann klebte nach wie vor wie ein Schatten an Nicky. Leider drehte er sich kein einziges Mal um. Franzi hätte zu gern einen kurzen Blick auf sein Gesicht erhascht. War es der Störenfried aus dem Café? Der war ihr damals größer vorgekommen, aber sie konnte es nicht mit Sicherheit sagen.

Sie kamen an einem kleinen Museum vorbei, das gerade schloss. Eine Besuchergruppe strömte auf den Gehsteig. Sofort nutzten die Detektivinnen die Gelegenheit, um sich näher an den Mann heranzupirschen.

»Entschuldigung«, sprach plötzlich eine Frau Kim an. »Wissen Sie zufällig, wo das Einkaufszentrum ist?«

Kim erschrak. »Pssst! Nicht so laut!«, zischte sie, ohne nachzudenken. »Er kann uns hören.«

»Wer?« Die Frau blickte sich irritiert um.
Kim schlug sich mit der Hand auf den Mund. »N...niemand«, stammelte sie und wäre am liebsten im nächsten Gulli verschwunden.
Der Typ im Parka war abrupt stehen geblieben, obwohl Nicky weiterlief. Jetzt schob er sich durch die Besuchergruppe, schlug einen Haken und war plötzlich weg.
»Neeiiin!«, rief Kim.

Detektivtagebuch von Kim Jülich
Sonntag, 21:03 Uhr
Ich ärgere mich immer noch total, dass ich die Beschattung gestern vermasselt hab. Wir waren so nah dran! Beinahe hätten wir das Gesicht von Nickys Verfolger gesehen. Franzi und Marie waren natürlich megasauer auf mich, aber zum Glück nicht lange. »So was passiert selbst Profidetektivinnen«, hat Franzi gemeint. »Da hilft nur eins: aus seinen Fehlern lernen und weitermachen.« Franzi ist echt lieb!
Weitermachen: Genau das haben wir dann auch getan. Hier kommt der neueste Stand unserer Ermittlungen:
Nachdem wir den Mann verloren hatten, haben wir Nicky kurz vor ihrer Wohnung schnell hinter einen Bauzaun gezogen und ihr alles berichtet. (Der tote Briefkasten war uns zu umständlich und es war niemand auf der Straße zu sehen.) Wir haben Nicky versprochen, dass wir dranbleiben. Das nächste Mal wird uns der Typ garantiert nicht mehr entwischen. Dann haben wir Nicky noch geraten, dass sie parallel die Polizei einschalten sollte, weil die Sache langsam echt gefährlich wird. Von der Polizei wollte Nicky aber nichts wissen, sie hat fast schon hyste-

risch reagiert. Merkwürdig! Wir konnten sie nicht überzeugen. Schließlich haben wir uns getrennt und sind nach Hause gefahren.
Zur Kaffeemaschine: Heute haben wir die Fingerabdruck-Analyse abgeschlossen. Das enttäuschende Ergebnis: Außer Nickys, Sabrinas und Leos Fingerabdrücken waren keine weiteren Abdrücke auf der Maschine. Der Täter – Blom oder sein Komplize, der Störenfried? – muss also Handschuhe getragen haben. Sehr ärgerlich!
Dafür gibt es Neuigkeiten aus dem toten Briefkasten. Ich hatte ja am Anfang Bedenken, dass der Täter unser Versteck schnell aufspüren würde, aber die Eiche scheint die perfekte Tarnung zu sein. Hoffen wir, dass es so bleibt!
Also, Nicky hat heute eine zweite anonyme SMS bekommen: »Dein Café wird nicht immer so schön bleiben«, stand darin. Schon wieder eine Drohung! Was hat der Täter diesmal vor? Will er die neue Inneneinrichtung des Café Lomo *kaputt schlagen?*
Natürlich hat Nicky jetzt noch mehr Angst. Wir haben sie, so gut es ging, beruhigt und versprochen, sie zu beschützen. Aber werden wir unser Versprechen auch halten können? Coffee & Cocoa *ist eine große Cafékette, die sind sehr mächtig. Und Blom scheint zu allem fähig zu sein. Vielleicht hat er ja Druck von der Geschäftsführung bekommen, dass er das* Lomo *unbedingt kaufen muss, weil er sonst seinen Job verliert? Und nun dreht er langsam durch.*
Wir hätten gestern Abend die Polizei rufen sollen. Warum haben wir uns von Nicky bloß überreden lassen, es nicht zu tun? Sie bräuchte professionellen Personenschutz, den wir ihr nicht

bieten können, und wir Clubmitglieder setzen unser Leben aufs Spiel. Ich darf mir gar nicht ausmalen, was alles passieren könnte, sonst liege ich die ganze Nacht wach oder kriege schlimme Albträume.
Wir werden Nicky noch mal dringend raten, doch die Polizei einzuschalten. Sie muss endlich zur Vernunft kommen!

Geheimes Tagebuch von Kim Jülich
Sonntag, 21:40 Uhr
Dieses Tagebuch darf NIEMAND lesen! Wer es trotzdem tut, wird von mir mit lebenslangem Liebesentzug bestraft. Also überleg es dir ganz genau, ob du das wirklich riskieren willst. Ein Leben ohne Liebe macht nämlich krank!
Ich hab Michi heute zufällig in der Innenstadt gesehen! Ich bin einfach so herumgelaufen und hab mir die Schaufenster angeschaut. Als ich vor der Krimibuchhandlung stand, erkannte ich in der Fensterscheibe Michi auf der anderen Straßenseite. Er hatte den Kragen seiner Jeansjacke hochgeschlagen, ist ganz schnell gegangen und hat dabei auf den Gehsteig gestarrt. Erst wollte ich nach ihm rufen, aber dann hab ich es doch nicht getan. Wohin wollte er? Wieder zu einem »privaten Termin«?
Plötzlich hat die Detektivin in mir die Kontrolle übernommen. Ich bin meinem eigenen Freund heimlich gefolgt! Natürlich hatte ich ein furchtbar schlechtes Gewissen dabei, aber irgendwie konnte ich nicht anders.
Ich hätte es nicht tun sollen: Michi ist nämlich zum Gefängnis gegangen und hinter dem Tor verschwunden! Erst war ich geschockt und dachte: Hat er irgendwas verbrochen? Dann ist mir Frank eingefallen, Michis Bruder, der ja immer noch im Ge-

fängnis sitzt. Da hab ich eins und eins zusammengezählt: Michi hat seinen Bruder im Gefängnis besucht!

Nach der ersten Erleichterung ging es mir gar nicht gut. Ich denke total ungern an Frank. Wir konnten ihn bei unserem ersten Fall als Täter überführen und seither versuche ich die Tatsache zu verdrängen, dass Michi einen Verbrecher in der Familie hat. Im Nachhinein wundert es mich nicht mehr, dass Michi mir bei meiner Frage ausgewichen ist. Wir reden nämlich nicht über Frank. Nie. Ich weiß gar nicht, von wem diese stillschweigende Vereinbarung ursprünglich ausgegangen ist. Von Michi, weil er sich für Frank schämt? Oder vielleicht sogar von mir? Wie auch immer, das ist alles lange her und spielt letztlich keine Rolle mehr.

Auf jeden Fall hab ich heute ein Problem! Soll ich Michi auf seinen Besuch im Gefängnis ansprechen? Das ist ihm bestimmt peinlich. Außerdem müsste ich dann beichten, dass ich ihm nachspioniert habe. Dafür schäme ich mich total. An Michis Stelle wäre ich richtig wütend, wenn ich so was erfahren würde. Ich kann das Problem heute nicht lösen. Ich muss noch mal drüber schlafen.

Ach, Michi! Warum ist auf einmal alles so kompliziert?

Verräterische Sprüche

Am nächsten Morgen machte Franzi einen kleinen Umweg auf ihrem Fahrrad. Statt direkt zur Schule zu fahren, radelte sie vorher schnell noch beim *Café Lomo* vorbei. Dabei fiel ihr wieder der Brief des Rechtsanwalts ein. Was bildete der sich eigentlich ein? Er konnte ihr nicht vorschreiben, was sie zu tun und zu lassen hatte! Es war schließlich nicht verboten, sich in einer Straße aufzuhalten, in der sich zufällig ein öffentliches Café befand.

Franzi trat kräftiger in die Pedale und überlegte, wann das *Lomo* unter der Woche eigentlich morgens aufmachte. Vor neun Uhr vermutlich nicht, aber vielleicht konnte sie ja unauffällig durch die Fenster spähen, ob die Inneneinrichtung noch heil war.

Plötzlich musste Franzi bremsen. Vor dem Eingang des Cafés hatte sich eine Traube neugieriger Passanten versammelt. Und sofort hatte Franzi eine böse Vorahnung. Was hatte das denn zu bedeuten? Sie sperrte ihr Fahrrad ab und mischte sich unter die Schaulustigen.

»Seht nur!« – »Wer macht denn so was?« – »Unglaublich!« Aufgebrachte Stimmen schwirrten durch die kühle Morgenluft.

Franzi trat näher. Und dann sah sie es auch: Das Fenster an der vorderen Hausfront war mit einem roten Schriftzug beschmiert worden: »Das *Café Lomo* ist ein Saftladen!«

Franzi wurde blass. Ein Satz schoss ihr durch den Kopf, der Satz, den Nicky als SMS bekommen hatte: *»Dein Café wird* *nicht immer so schön bleiben.«* Der Erpresser hatte seine zweite Drohung wahr gemacht! Alle Leute, die vorbeikamen, lasen automatisch den Spruch. Was für eine üble Rufschädigung! Franzi zog die Digitalkamera des Clubs aus ihrer Schultasche und knipste drauflos. Wenigstens hatte sie jetzt Beweisfotos. Als sie die Kamera wieder einsteckte, entdeckte sie zwischen den Passanten Nicky. Die Besitzerin des *Lomo* war noch völlig geschockt und konnte auf die Fragen der Leute gar nicht richtig eingehen.

»Nein, ich weiß nicht, wer das war!«, wiederholte sie immer wieder und fuhr sich nervös durch die Haare.

Franzi stellte sich vor, wie ihr zumute wäre, wenn jemand das Tor des Hauptquartiers der drei !!! mit einem fiesen Spruch beschmieren würde. Schon bei dem Gedanken drehte sich ihr Magen um.

Unentschlossen trat Franzi von einem Fuß auf den anderen. Sollte sie zu Nicky hingehen oder war das zu auffällig? Ach was! Es standen so viele Leute vor dem *Lomo*, da würde der Rechtsanwalt, selbst wenn er hier wäre, den Überblick verlieren. Franzi ging los. Nach den ersten paar Schritten merkte sie, dass etwas an ihrer rechten Schuhsohle klebte.

»Iiieh!« Sie verzog das Gesicht. War das etwa ein Kaugummi, den jemand auf den Gehsteig gespuckt hatte?

Franzi nahm ihren rechten Fuß in die Hand und drehte ihn zu sich herum. An der Sohle haftete eine grüne Folie. Sie glitzerte in der Sonne, und als Franzi näher hinsah, entdeckte sie ein Muster: kleine, ineinander verschlungene Blätter und Zweige. Hübsch. Sie wollte die Folie schon abstreifen und in den nächsten Mülleimer werfen, aber dann entschied sie sich dagegen. Natürlich war es unwahrscheinlich, aber die grüne Folie konnte theoretisch ein Beweisstück sein, das der Täter verloren hatte. Franzi zog die Folie vorsichtig ab und sicherte sie in einem Plastiktütchen. Dann ging sie zu Nicky rüber, die immer noch von aufgebrachten Passanten umgeben war.

Die Besitzerin des *Café Lomo* sah ihr traurig entgegen. »Es wird immer schlimmer«, raunte sie Franzi zu.

Franzi nickte. Mit den Lippen formte sie das Wort »Polizei?« und machte eine Geste, als ob sie mit dem Handy telefonieren würde.

Nicky schüttelte heftig den Kopf. »Bloß nicht! Ich hab schon genug Ärger am Hals.« Sie deutete auf die Menschenmenge. Einige waren zwar bereits wieder am Gehen, dafür kamen ständig neue Schaulustige dazu.

Franzi seufzte. »Sollen DDA heute Abend wieder herkommen?«

Nicky lächelte dankbar. »Ja, bitte! Das wäre wunderbar.«

»Geht klar. Wir werden da sein.«

Von einer Kirche in der Nähe schlug die Turmuhr viermal zur vollen Stunde. Franzi stöhnte. Es war schon acht Uhr! Sie kam hoffnungslos zu spät zur Schule. Im Laufen tippte sie noch schnell eine SMS an Kim und Marie mit den aktuellen Neuigkeiten. Dann sperrte sie ihr Fahrrad auf, schwang sich in den Sattel und düste davon.

»Stopp!«, rief Kim. »Wir sollten nicht näher ranfahren. Das ist zu gefährlich.«

Franzi und Marie stiegen von ihren Rädern ab. Das *Café*

Lomo lag etwa fünfzig Meter vor ihnen. Die drei !!! waren bereits um fünf Uhr nachmittags hergekommen, um Nicky ihre Hilfe beim Putzen der Fensterscheibe anzubieten.

Franzi verdrehte die Augen. »Ich dachte, das hätten wir geklärt. Wir hatten doch abgemacht, dass wir uns von diesem Anwalt nicht einschüchtern lassen.«

»Ja, schon …« Kim sah sich nervös nach allen Seiten um.

»Sonst können wir nicht richtig weiterermitteln«, sagte Marie, die Franzis Meinung teilte. »Komm schon, Kim, spring über deinen Schatten!«

Die Chefin des Clubs seufzte. Sie hatte niemand Verdächtigen entdeckt. »Okay, okay, ihr habt mich überstimmt.«

Die drei !!! stellten ihre Fahrräder ab. Franzi erkannte die Fensterscheibe nicht wieder. Sie war blitzblank geputzt. Sabrina und zwei Freunde von Nicky standen vor dem Café und unterhielten sich.

»Sieht super aus«, lobte Franzi.

Sabrina fuhr sich mit dem Handrücken über die Stirn. »Zu dritt haben wir es ganz gut geschafft, aber das war echt harte Arbeit.«

Einer der Freunde von Nicky, ein Typ mit Pferdeschwanz und abgewetzter Lederjacke, grinste. »Die Farbe war nämlich wasserfest.«

»Das auch noch!«, empörte sich Kim. Sie wollte noch mehr sagen, kürzte das Gespräch aber lieber ab. »Wir müssen wieder los. Sag Nicky schöne Grüße, es bleibt alles so. Sie weiß dann schon Bescheid.«

»Mach ich gerne.« Sabrina verschwand mit Nickys Freunden im Café.

Marie warf einen Blick auf ihre Armbanduhr. »Bis das Café schließt, haben wir noch Zeit. Was haltet ihr davon, wenn wir zu diesem Laden mit den Wandtattoos gehen? Der ist ganz in der Nähe. Ich würde mir gern die Blumenmuster ansehen und überlegen, was in mein Zimmer passen könnte.«
»Gute Idee«, sagte Kim, offensichtlich erleichtert, sich bald wieder auf neutralem Boden zu bewegen. Franzi hatte auch nichts gegen Maries Vorschlag einzuwenden.
Fünf Minuten später standen sie vor dem kleinen Laden. Im Schaufenster waren bunte Blumentöpfe mit Primeln aufgereiht. Darüber kringelte sich wie eine Faschingsgirlande der Schriftzug *Flowers & more – Wandtattoos.*
Das Innere des Ladens wirkte hell, modern und sehr bunt. Sämtliche Wände waren mit Wandtattoos versehen: Es gab viele verschiedene Blumen, Blätterranken, Tiere und witzige geometrische Figuren.
Marie war hin und weg. »Wow! Ich hab gar nicht gewusst, dass es so viele Möglichkeiten gibt.« Begeistert lief sie auf und ab, um sich alles anzusehen.
Franzi gefielen vor allem die verschlungenen Blätterranken und die Tiere. Ein Pony sah fast aus wie Tinka.
»Da drüben sind auch noch Sprüche!« Kim zeigte auf eine Wand mit Zitaten von Schriftstellern und anderen berühmten Künstlern und las halblaut die Texte vor.
Marie musste sich auf einen Hocker setzen. »Wie soll ich mich bei der Auswahl bloß entscheiden? Ich bin jetzt schon überfordert.«
»Kein Problem«, meinte Franzi. »Du lässt dich einfach beraten.«

Der Chef des Ladens war gerade in einem Kundengespräch, aber als Franzi ihm winkte, rief er nach seinem Mitarbeiter: »Herr Filder, kommen Sie bitte? Hier warten drei Kundinnen auf Sie.«
»Ja, gleich«, kam eine Stimme aus dem Lagerraum.
Dann stand der Mitarbeiter vor ihnen: mindestens 1,85 Meter groß, breite Schultern, volles schwarzes Haar und Dreitagebart. Er trug einen gestreiften Marinepulli und Jeans.
Kims Kinnlade klappte nach unten. Es war der Störenfried aus dem *Café Lomo*!
»Ja, bitte, wie kann ich euch helfen?«, fragte Herr Filder höflich.
Die drei !!! starrten ihn wortlos an. Franzi verarbeitete blitzschnell die neue Situation. Der Verdächtige arbeitete also doch nicht für *Coffee & Cocoa*, wie Nicky ihnen erzählt hatte. Vielleicht hatte sie da ja was verwechselt oder eine falsche Vermutung angestellt?
Maries Begeisterung ließ schlagartig nach. »Äh … ich weiß nicht, ob Sie uns helfen können. Vielleicht schauen wir uns erst mal so um.«
»Wie ihr möchtet.« Herr Filder blieb höflich. »Die Tattoos bestehen übrigens alle aus einer dünnen Folie. Man kann sie einfach aufkleben, wie Sticker.« Zum Glück erkannte er sie nicht wieder und von seinem aufbrausenden Temperament war heute nichts zu spüren.
Marie ging hinüber zu der Wand mit den Sprüchen. Ein Spruch sprang ihr sofort ins Auge: *Ich habe einen ganz einfachen Geschmack. Ich bin immer mit dem Besten zufrieden.*
»Der ist ja toll!«, rutschte es ihr heraus.

Herr Filder lächelte. »Ja, den mag ich auch. Er ist von Oscar Wilde, dem englischen Schriftsteller aus dem 19. Jahrhundert.«

Franzi stöhnte. »Da spricht mal wieder unsere Luxus-Tussi! Wie wär's, wenn du dir gleich noch ein paar echte Diamanten an die Wand klebst?«

»Oder Goldstücke«, schlug Kim mit gespieltem Ernst vor.

»Ihr seid doof!« Marie strafte ihre Freundinnen mit einem vernichtenden Blick. Ein bisschen peinlich war es ihr jedoch schon.

Herr Filder meinte diplomatisch: »Wenn du möchtest, zeige ich dir inzwischen unsere Schriftarten.« Er klappte ein Tablet auf und öffnete die entsprechende Seite. Auch hier hatte man die Qual der Wahl, diesmal zwischen verschnörkelten, schwungvollen und sachlichen Druckschriften.

»Die hier finde ich schön!« Marie tippte auf eine fließende Schrift in Hellblau. »Dazu ein paar pinkfarbene Rosen, locker verstreut auf der Wand über meinem Bett.«

Herr Filder nickte. »Wir haben ein Programm, damit kann ich dir die Verteilung nach deinen Wünschen zusammenstellen.«

»Cool!« Marie hatte ihre anfänglichen Vorbehalte gegen Herrn Filder über Bord geworfen. Zumindest als Verkäufer wirkte er sehr kompetent und seriös. Marie schlenderte noch einmal durch den Raum und ging in die Knie, um einen Text ganz unten auf der Wand lesen zu können. »Jetzt hab ich den richtigen Spruch gefunden!«, rief sie begeistert.

Gespannt liefen Kim und Franzi zu ihr hin. Der Spruch lautete:

Freunde sind wie Sterne. Du kannst sie nicht immer sehen, aber du weißt, sie sind immer für dich da.
»Perfekt«, sagten Kim und Franzi wie aus einem Mund.
Herr Filder sah Marie fragend an: »Dann darf ich den Bestellschein ausfüllen?«
»Ja, bitte.« Marie hatte den zufriedenen Gesichtsausdruck, wenn sie beim Shoppen ein Schnäppchen gemacht hatte. Passend zum Spruch wählte sie zu den Blumen noch ein paar Glitzersterne aus, die im Dunkeln leuchteten.
Herr Filder beugte sich über seinen Bestellblock. Der andere Kunde verließ den Laden und der Chef zog sich in den Lagerraum zurück. Sorgfältig schrieb Herr Filder mit seinem Kugelschreiber den Spruch ab, den Marie sich ausgesucht hatte. Franzi beobachtete ihn dabei. Ihre Augen wurden immer größer. Die Handschrift kam ihr so vertraut vor, irgendwo hatte sie die schon mal gesehen ... Plötzlich machte es »klick!« in ihrem Gehirn und sie erinnerte sich.
Schnell holte Franzi ihr Handy aus der Tasche und öffnete die Foto-Datei. Da war sie ja, die beschmierte Fensterscheibe vom *Café Lomo*! Die Handschrift auf dem Fenster und die auf dem Bestellblock stimmten überein!
»Was ist denn?«, fragte Kim neugierig.
Franzi antwortete nicht. Ihr war noch etwas eingefallen. Sie ging zurück zu der Wand mit den Blätterranken und holte das Stück Folie heraus. Die kleinen ineinander verschlungenen Blätter und Äste auf der Folie – hier klebte dasselbe Muster direkt vor ihr auf der Wand!
»Herr Filder?«, sagte Franzi betont ruhig. »Ich muss mit Ihnen reden.«

Der Verkäufer drehte sich zu ihr um. Kim und Marie waren genauso überrascht wie er, aber Franzi hatte keine Zeit, sie vorher einzuweihen. Sie musste den Augenblick nutzen, solange der Laden leer war. Franzi legte die Beweise auf den Tisch: das Handyfoto und die Folie. In knappen Worten erklärte sie, dass sie die Folie am Tatort gefunden hatte.
Der Kugelschreiber landete klackernd auf dem Boden. Herr Filder hob ihn nicht auf. Er zog den Kopf ein und wirkte nur noch halb so groß. »Ja, ich hab den Spruch auf die Fensterscheibe geschrieben«, sagte er leise. Er leugnete nichts, er gab es einfach zu.
»Aber wieso?«, wollte Kim wissen.
Herr Filder zischte wütend: »Nicky hat die Rechnung für die Wandtattoos im *Café Lomo* nicht bezahlt. Ich hab ihr schon eine Mahnung geschickt, aber das hat auch nichts gebracht.«
»Das ist doch noch lange kein Grund, ihre Fensterscheibe zu beschmieren!« Marie blitzte den Verkäufer herausfordernd an. Der knickte plötzlich ein. »Tja, also … ich war vorher in der Kneipe und nicht mehr ganz nüchtern. Es tut mir leid. Ich hätte das nicht tun dürfen.« Betroffen starrte er auf seine Schuhe.
Die drei !!! hatten nicht damit gerechnet, dass er so schnell ein Geständnis ablegen würde. Anscheinend bereute er wirklich seine Tat. Und vielleicht war sein Alkoholausrutscher kein Einzelfall gewesen.
»Okay«, sagte Kim. »Dann gehen Sie zu Nicky hin und entschuldigen sich bei ihr.«
Herr Filder hob den Kopf und sah Kim ernst in die Augen. »Ja, das werde ich tun, versprochen! Gleich morgen.«

Kreuzverhör

»Sie ist drin!«, flüsterte Franzi erleichtert.
Die Haustür fiel hinter Nicky ins Schloss. Im Flur des Mehrfamilienhauses flammte Licht auf. Von innen hörten die drei !!!, wie die Besitzerin des *Café Lomo* ihre Erdgeschosswohnung aufsperrte. Danach kehrte Ruhe ein.
Als das Flurlicht, das an eine Zeitschaltuhr gekoppelt war, erlosch, kam Marie aus der Hocke hoch und spähte zwischen den Zweigen eines üppig wuchernden Busches hindurch. »Heute ist ihr niemand gefolgt. Sie ist in Sicherheit.«
»Vorerst«, schränkte Kim ein, aber auch sie entspannte sich etwas.
Die Detektivinnen hatten Nicky zum zweiten Mal Personenschutz vom *Café Lomo* bis zu ihrer Wohnung gegeben. Der Typ mit dem Parka hatte sich nicht blicken lassen, aber das bedeutete noch nichts. Wahrscheinlich legte er nur vorübergehend eine Pause ein. Nicky fühlte sich nach wie vor bedroht und verfolgt.
»Wie lange bleiben wir hier?« Franzi holte einen Apfel aus ihrer Jackentasche, rieb ihn blank und biss hinein. »Die ganze Nacht aber nicht, oder?«
»Abwarten.« Marie sah sich im Vorgarten um. Er war nicht besonders gepflegt. Zwischen den Büschen und Kirschbäumen wucherte Unkraut und der hohe Rasen hätte einen Nachschnitt vertragen können.
Kim zog den Reißverschluss ihrer Windjacke bis zum Hals hoch. Wind frischte auf. Heute war es bewölkt und deutlich

kühler als an den letzten Tagen. »Wir können die Zeit ja nutzen und im Garten nach Spuren suchen.«

Den Vorschlag fanden alle gut. Kim holte drei Lupen aus ihrem Rucksack. Die drei !!! teilten sich auf und durchkämmten den Vorgarten.

Nach ein paar Minuten rief Marie leise: »Ich hab was gefunden.«

Sofort waren Kim und Franzi bei ihr. Neben der Regentonne hatte Marie im weichen Boden mehrere Fußabdrücke entdeckt und ein halbes Dutzend Zigarettenstummel.

Franzis Nackenhaare stellten sich auf. »Hier hat jemand ziemlich lange gestanden. Und seht nur, von hier kann man in Nickys Küchenfenster schauen.« Tatsächlich bot der Platz neben der Regentonne einen unverstellten Blick auf Esstisch und Spüle. Es gab keinen Vorhang vor dem Küchenfenster.

In der Nachbarschaft schlug ein Hund an. Kim zuckte zusammen. Dann raunte sie: »Wir können so nicht weitermachen! Wir müssen jetzt endlich Kommissar Peters anrufen.«

Marie ging in die Knie, zog ein Plastiktütchen aus ihrer Hosentasche und sicherte die Zigarettenstummel. Nachdenklich steckte sie das Tütchen in ihre Handtasche. »Ja, du hast recht. Die Sache wächst uns über den Kopf. Nicky ist in großer Gefahr, vielleicht sogar in Lebensgefahr.«

Franzi nickte. »Am besten sprechen wir jetzt gleich mit ihr. Das muss sie einsehen. Sie kann sich nicht länger weigern, die Polizei einzuschalten. Das finde ich sowieso langsam ziemlich merkwürdig.«

»Wie sie sich verhält?«, hakte Kim nach.

Franzi kam nicht mehr zu einer Antwort. Plötzlich löste sich

hinter dem Busch, der vorher das Versteck der drei !!! gewesen war, ein Schatten.
»Bleiben Sie stehen!«, rief Franzi laut.
Die schlanke Gestalt fing an zu rennen. War es ein Mann oder eine Frau? Franzi konnte es nicht eindeutig erkennen, weil die Person eine Strickmütze, eine dunkle Jogginghose und einen weiten Pulli trug.
»Stopp!«, brüllte Franzi. Dann nahm sie mit Kim und Marie die Verfolgung auf.
Ob Mann oder Frau – die Person war ziemlich sportlich. Sie sprintete zum Zaun, hechtete über die Holzlatten, sprang auf den Gehsteig und rannte los.
Die drei !!! rannten hinterher. Franzi übernahm wie immer die Führung. Im Zickzackkurs ging es quer durch das Wohngebiet. Irgendwann merkte Franzi, dass die flüchtende Person keine Orientierung zu haben schien oder zumindest kein konkretes Ziel. Und ihr ging die Puste aus. Franzi holte langsam, aber sicher auf.
»Bleiben Sie doch endlich stehen!«, rief sie noch einmal.
Die Person zögerte einen Augenblick, bevor sie weiterlief. Das wurde ihr zum Verhängnis. Und dass sie sich aus Versehen eine Sackgasse ausgesucht hatte, die bei einer alten Garage endete. Kim und Marie schlossen auf. Gemeinsam mit Franzi gingen sie auf die Garage zu. Die Person presste ihren Rücken gegen das Garagentor. Es war ein Mann, und er wusste, dass er keine Chance mehr hatte.
»Was … was wollt ihr von mir?« Seine Stimme klang abgehetzt, er rang immer noch nach Luft.
»Mit Ihnen reden«, sagte Marie ruhig.

Jetzt standen die drei !!! direkt vor dem Mann. Der zog sich nervös die Strickmütze tiefer in den Nacken. Darunter lugte ein Pferdeschwanz hervor.
Kim stutzte. Der Pferdeschwanz kam ihr bekannt vor, nur der weite Pulli irritierte sie etwas. Die Person, an die sie sich erinnerte, hatte eine abgewetzte Lederjacke getragen.
»Wir kennen uns doch?« Kim sah den Mann scharf an. »Waren Sie nicht heute Nachmittag beim *Café Lomo*?«
Der Mann nickte. »Ja, das stimmt.« Die Situation war ihm sichtlich peinlich.
Die drei !!! sahen sich verblüfft an. Wenn dieser Typ ein Freund von Nicky war, wieso lauerte er ihr dann im Garten auf?
»Was hatten Sie in Nickys Garten zu suchen?« Marie hielt das Plastiktütchen mit den Zigarettenstummeln hoch. »Leugnen ist zwecklos. Wir haben auch Ihre Fußabdrücke gefunden. Sie haben sehr lange neben der Regentonne gestanden und haben ins Küchenfenster gestarrt.«
Franzi setzte noch eins drauf: »Mit Ihrem Verhalten begehen Sie eine Straftat! Warum bedrohen Sie Nicky, warum lauern Sie ihr auf? Und warum schicken Sie ihr diese gemeinen Erpresser-SMS?«
»Welche SMS?« Der Mann spielte den Unschuldigen.
»Sie wissen genau, wovon ich spreche«, sagte Franzi. »Anonyme Nachrichten: *Ich werde jetzt immer in deiner Nähe sein. Das Café Lomo wird nicht immer so schön bleiben.*«
Der Mann hob beide Hände hoch. »Ich hab Nicky keine SMS geschrieben. Mein Handy ist schon seit einer Woche kaputt.«

»Und das sollen wir Ihnen glauben? In unserer Laufbahn als Detektivinnen haben wir schon intelligentere Ausreden gehört.« Kim kickte ein Steinchen gegen das Garagentor. Der Aufprall klang wie ein Pistolenschuss.
»Ihr müsst mir glauben! Ich schwöre euch, ich würde Nicky niemals etwas Böses antun. Das könnte ich gar nicht, weil … weil …« Plötzlich wirkte der erwachsene Mann wie ein kleiner Junge, den man bei einem Streich ertappt hatte.
»Ja?« Marie klopfte ungeduldig mit der Sandale auf den Asphalt. »Unsere Handys sind nicht kaputt und wir rufen die Polizei, wenn Sie nicht reden.«
Mit einem Ruck zog sich der Mann die Strickmütze vom Kopf. »Weil ich in Nicky verliebt bin!«
»Was??«, rief Franzi. Sie glaubte, sich verhört zu haben.
Der Mann redete hastig weiter: »Ich hab mich schon in Indien in sie verliebt. Dort haben wir uns zufällig getroffen, wir waren beide mit Rucksack und Zelt unterwegs und sind dann gemeinsam weitergezogen. Wartet mal, ich hab was für euch!« Er kramte in den Taschen seiner Jogginghose und zog ein zerknittertes Foto heraus. Zwei braun gebrannte Menschen lachten in die Kamera: Nicky und der Mann mit dem Pferdeschwanz. Im Hintergrund sah man den Tadsch Mahal, die berühmte indische Moschee.
Kim fand, dass das Foto echt wirkte, und was der Mann erzählte, klang sehr stimmig. Trotzdem erklärte es noch immer nicht sein Verhalten am heutigen Abend.
»Mal angenommen, wir glauben Ihnen«, sagte Kim. »Ist es dann nicht sehr merkwürdig, dass Sie in Nickys Garten herumschleichen, statt mit ihr auf dem Sofa zu kuscheln?«

Der Mann räusperte sich verlegen. »Äh … genau das ist ja mein Problem. Wir sind kein Paar. Nicky erwidert meine Gefühle nicht. Aber ich bin mir sicher, sie wird sich noch in mich verlieben, wenn …« Er kramte wieder in seiner Jogginghose und holte eine kleine Bambusflöte heraus. »Die hab ich in Indien gekauft. Ich wollte warten, bis Nicky nach Hause kommt und in die Küche geht. Dann wollte ich ihr mein Lied vorspielen. Aber ihr habt recht, das war keine gute Idee. Ich hätte sie im Dunkeln erschrecken können.«

»Allerdings.« Franzis Anspannung ließ langsam nach.

Der weiche, liebevolle Ausdruck in den Augen des Mannes hatte bei den Detektivinnen die letzten Zweifel beseitigt. Sie vertrauten auf ihre gute Menschenkenntnis und ließen den Mann laufen.

»Viel Glück!«, wünschte Marie und sah ihm nach, wie er mit seiner Flöte davonging. Dunkelheit senkte sich über die Dächer der Häuser. Eine indisch angehauchte Melodie schwebte durch die Nacht. Sie war schön und ein wenig traurig.

Als die Melodie verklungen war, sagte Kim enttäuscht: »So ein Pech! Wir haben den Falschen erwischt. Jetzt sind wir keinen Schritt weiter und *Coffee & Cocoa* wird Nicky weiter unter Druck setzen.«

»Wir müssen mit ihr reden, jetzt sofort.« Marie strich sich energisch eine Haarsträhne hinters Ohr. »Es reicht nicht, wenn wir ihr über den toten Briefkasten eine Nachricht hinterlassen.«

Franzi zückte ihr Handy. »Finde ich auch. Ich schicke ihr eine SMS. Sie soll hierherkommen. Die alte Garage ist ein guter Treffpunkt, hier ist niemand in der Nähe.«

Zehn Minuten später war Nicky bei ihnen. Sie war ungeschminkt und hatte sich eine weite Tunika in Regenbogenfarben übergeworfen. Die drei !!! brachten sie auf den neuesten Stand der Ermittlungen und erzählten ihr zuerst, wie sie Herrn Filder überführt hatten.

Nicky war erleichtert über die Wendung. »Ich bin so froh, dass die Schmiererei am Fenster nichts mit der Cafékette zu tun hat. Natürlich werde ich die Rechnung gleich bezahlen, sobald sich Herr Filder bei mir entschuldigt hat.«

Als die Detektivinnen von dem indischen Freund berichteten, grinste sie halb amüsiert, halb genervt. »Ach, das ist mal wieder typisch Sandro! Er gibt einfach nicht auf.«

»Ja, und der andere Typ mit dem Parka wird auch nicht aufgeben.« Marie lenkte das Thema in eine ernste Richtung. »Er läuft immer noch frei herum und wird dich vermutlich weiter verfolgen. Auch die SMS werden wahrscheinlich nicht aufhören.«

»Du musst die Polizei einschalten«, sagte Franzi eindringlich. »Wir können nicht für deine Sicherheit garantieren.«

Nicky beobachtete einen Nachtfalter, der hektisch um eine Laterne kreiste. »Ich werde darüber nachdenken«, murmelte sie.

Neue Erkenntnisse

Felipe drückte aufs Gas und rief fröhlich: »Aus der Bahn!« Dabei steuerte er mit seinem Elektroauto auf die größte Ansammlung von Fahrzeugen im Autoscooter zu.

»Nein, nicht!«, protestierte Franzi lachend. Sie hielt sich die Augen zu, da kam auch schon der Aufprall, genauer gesagt eine ganze Serie: von links, rechts, hinten und vorne. »Massenkarambolage!«, kreischte Franzi, während sie ordentlich durchgeschüttelt und gegen Felipes Schulter geworfen wurde. Dann machte sie die Augen wieder auf.

Sie waren hoffnungslos eingekeilt zwischen einem halben Dutzend Fahrzeugen. Einige Fahrer beschwerten sich lautstark, die meisten lachten jedoch nur. Zusammenstöße gehörten beim Autoscooter nun mal dazu. Ohne Unfälle machte es keinen Spaß.

»Und wie kommen wir da jetzt wieder raus?« Felipe kratzte sich grinsend an der Stirn.

»Kein Problem«, sagte Franzi. »Lass mich mal ans Steuer!« Sie drehte so lange am Lenkrad, bis der Wagen rückwärtsfuhr. Elegant schubste sie das Fahrzeug direkt hinter ihnen weg, lenkte sofort gegen und wiederholte das Manöver. In kürzester Zeit hatten sie wieder freie Fahrt.

Felipe pfiff durch die Zähne. »Du bist echt gut.«

»Jahrelange Übung mit Stefan, meinem großen Bruder«, meinte Franzi achselzuckend.

Die Lampen am Fahrbandrand erloschen, dann wurde die Stromzufuhr unterbrochen. Das Auto rollte aus und kam

zum Stehen. »Noch eine Runde?«, fragte Franzi. »Wir haben noch einen Chip übrig.«
Felipe schüttelte den Kopf. »Später vielleicht. Mir reicht's erst mal. Komm!« Er streckte Franzi die Hand hin.
Sie sprangen aus dem Wagen und liefen über die Fahrbahn zum Ausgang. Hand in Hand schlenderten sie weiter durch den Freizeitpark. Die Sonne schien und die halbe Stadt schien sich an diesem Freitagnachmittag entschlossen zu haben, einen Ausflug nach *Sugarland* zu machen.
»Vermisst du auch die bunten Lichter?«, fragte Franzi ihren Freund. »Abends ist es hier noch schöner.«
Felipe zog an einem ihrer roten Zöpfe. »Wer hat denn unser Date am Abend abgesagt? Du oder ich?«
»Ich«, gab Franzi zerknirscht zu. »Es tut mir auch immer noch wahnsinnig leid. Aber es war wirklich wichtig, jemand war in Gefahr und …«
Felipe verschloss ihre Lippen mit einem schnellen Kuss. »Stopp! Ich will gar nichts wissen. Eure Ermittlungen sind geheim, und das ist auch gut so.«
»Du sagst es!« Franzi legte ihren Kopf auf Felipes Schulter. Er passte perfekt in die kleine Kuhle an seinem Hals. Alles war perfekt, und trotzdem war sie kurz davor loszuheulen. Bald würde Felipe nach Mexiko fliegen! Bei dem Gedanken zog sich ihr Herz zu einem heißen Klumpen zusammen.
Felipe runzelte die Stirn. »Nicht traurig sein, das hast du mir versprochen! Heute genießen wir den Nachmittag und denken nicht an morgen.«
»Versprochen!« Franzi zwang sich zu einem Lächeln. »Da vorne duftet es nach gebrannten Mandeln.«

Sie kauften sich gebrannte Mandeln und Zuckerwatte und futterten drauflos. Danach fuhren sie Achterbahn, gingen in die Geisterbahn, ließen sich auf der Wasserrutsche nass spritzen und landeten schließlich vor dem Springpferdkarussell. Das hatten sie sich bewusst für den Schluss aufgehoben.
Franzi strich über die seidige Mähne eines braunen Holzpferdes. Seine Augen leuchteten wie kostbare Edelsteine. Felipe schwang sich auf einen Schimmel, Franzi stieg auf das braune Pferd neben ihm. Leise Musik erklang, dann begann das Karussell sich langsam zu drehen. Franzi nahm wieder Felipes Hand. Der drehte sich zu ihr herum und schwieg, aber sein Mund und seine Augen sagten tausendmal »Ich liebe dich«.
Franzi legte den Kopf in den Nacken. Der Fahrtwind kühlte ihre heißen Wangen. Die Fahrt kam ihr endlos vor und gleichzeitig so kurz wie der Flug einer Sternschnuppe am Himmel. Als das Karussell stehen blieb, stiegen Franzi und Felipe ab und liefen ein paar Schritte.
Plötzlich blieb Felipe stehen. »Ich hab noch was für dich, ein Geschenk.«
Franzi wurde rot. Sie hatte nichts dabei, da sie Felipe erst am Flughafen etwas überreichen wollte. Jetzt bereute sie es, weil sie heute mit leeren Händen dastand. »Oh! Was ist es denn?«
Felipe lächelte geheimnisvoll. »Ein typischer mexikanischer Glücksbringer. Mein Vater hat ihn mir an Silvester auf einem Markt in Mexiko gekauft, als ich noch ganz klein war.«
Franzi schluckte. Vor gar nicht allzu langer Zeit war Felipes Vater gestorben. »Und den willst du hergeben?«, fragte sie

unsicher. »Die Erinnerung an deinen Vater ist doch bestimmt wichtig für dich.«

»Mein Vater lebt hier«, Felipe tippte mit der rechten Hand auf seine Brust, an die Stelle seines Herzens, »und den Glücksbringer brauchst du, wenn ich bald weg bin.« Er holte einen weißen, flauschigen Gegenstand aus seiner Umhängetasche.

»Ein Schaf?« Franzi betrachtete das Kuscheltier, dem man ansah, dass es von seinem kleinen Besitzer heiß geliebt worden war.

»Er heißt Tesoro, das bedeutet auf Deutsch ›Schatz‹.« Felipe strich über die rote Schleife, die um den Hals des Schafes gewunden war. »Mein Vater hat Tesoro damals um Mitternacht auf unser Fensterbrett gestellt und gesagt, dass mir das Schaf in meinem Leben Glück und Gesundheit bringen soll. Sein Wunsch ist in Erfüllung gegangen. Ich bin gesund und sehr, sehr glücklich – mit dir!«

Franzi nahm das Schaf und streichelte es. Sein Fell war noch warm von Felipes Berührung. »Danke«, flüsterte sie und plötzlich musste sie doch weinen.

»Schhh!«, machte Felipe. Er küsste ihre Tränen weg, jede einzelne, bis sie irgendwann versiegten. Danach zog er sie an seine Brust. Sie umarmten sich bis ans Ende der Welt und wieder zurück.

Franzi spürte die Umarmung immer noch, als sie eine Stunde später im *Café Lomo* saß und an ihrem *Kakao Spezial* nippte. Kim und Marie diskutierten eifrig den Fall. Franzi hörte zu, aber ein Teil der Worte rauschte sofort wieder durch ihre Ohren hinaus.

»… ich so toll finde«, sagte Marie gerade zu Kim. »Dass du gar keine Angst mehr vor diesem blöden Rechtsanwalt hast.« Kim schob sich vergnügt ein Stück Blaubeermuffin in den Mund. »Dazu habe ich gar keine Zeit! Ich möchte endlich unseren Fall lösen, und der hat nun mal direkt mit dem *Lomo* zu tun.«
»Du hast ja so recht!« Marie sah sich im Café um. Seit es draußen kühl geworden war, waren die meisten Leute aus dem Innenhof reingekommen. »Wir müssen noch mal der Sache mit der Kaffeemaschine nachgehen und herausfinden, wer hinter der Verwüstung des Biergartens stecken könnte. Franzi, hast du vielleicht eine Idee?«
Franzi schreckte hoch. Zum Glück war der letzte Satz von Marie in ihrem Kurzzeitgedächtnis hängen geblieben. »Lass mich mal überlegen. Hm … Wir könnten Sabrina und Leo befragen – und die restlichen Angestellten, falls es noch welche gibt.«
»Das machen wir!« Kim wischte sich einen Kuchenkrümel aus dem Mundwinkel. Dann stand sie entschlossen auf. »Sabrina hat gerade nichts zu tun, wie ich sehe. Am besten fragen wir sie zuerst.«
Die Bedienung war etwas überrascht, setzte sich dann aber bereitwillig zu den drei !!! und hörte aufmerksam zu.
»Ist dir an dem Abend, bevor der Biergarten verwüstet wurde, irgendetwas Verdächtiges aufgefallen?« Kim hatte ihren Notizblock gezückt. »Ein Gast, der nicht gehen wollte, vielleicht? Oder jemand, der nach einem Schlüssel gefragt hat?«
»Nein, nein!«, sagte Sabrina schnell. »Da war nichts Auffälliges, tut mir leid.«

»Und später? Am Tag der Explosion der Kaffeemaschine? Oder am Abend davor?«, hakte Franzi nach.
Sabrina nestelte am Leinentuch herum, das sie wie immer an ihrem Gürtel befestigt hatte. »Nein, da war auch nichts. Ich hab wirklich nichts gesehen!«
Kim starrte auf die schlanken Hände der Bedienung, die nicht zur Ruhe kamen. Sabrina war sichtlich nervös. Warum nur? Franzi wunderte sich auch. Sabrinas Tuch erinnerte sie an etwas, aber sie kam nicht darauf.
Die drei !!! stellten Sabrina noch ein paar weitere Fragen, aber das Ergebnis war gleich null. Die Bedienung hatte nichts gesehen und nichts gehört.
»Tut mir leid, dass ich euch nicht weiterhelfen konnte.« Beim Aufstehen fegte sie ein leeres Wasserglas vom Tisch. Es fiel zu Boden, zerbrach jedoch nicht. »Entschuldigung! Wie konnte das bloß passieren?« Sabrina hob das Glas auf und ging schnell zurück zur Theke. Dort stieß sie mit Leo zusammen, der auf einem Tablett drei Cappuccini balancierte.
»Pass doch auf!«, schimpfte er. Das Tablett schwankte, Milchschaum schwappte über den Rand einer Tasse. Sabrina wischte ihn mit ihrem Tuch weg und entschuldigte sich schon wieder.
»Sie ist wirklich ein Pechvogel«, meinte Marie. »Die Arme, irgendwie tut sie mir leid.«
»Mir auch«, stimmte Kim zu. »Aber wir sollten uns jetzt Leo schnappen, sobald er seine Getränke serviert hat.«
Leo wollte sich nicht setzen, weil er noch viel zu tun hatte. Mit dem leeren Tablett in der Hand blieb er neben der Sitzecke stehen. Auch er hatte leider nichts zu berichten, was

Licht ins Dunkel hätte bringen können. Aber er meinte am Schluss: »Die Situation ist ganz schön beunruhigend. Uns alle belastet es, was passiert ist und möglicherweise noch passieren wird. Eigentlich müsste man ja Gregor informieren. Ich glaube nicht, dass Nicky es schon getan hat.«

»Nickys Bruder informieren? Warum das denn?« Franzi hob fragend die Augenbrauen.

Leo sah sie leicht erstaunt an. »Gregor hat ein Recht, es zu erfahren. Schließlich gehört ihm das *Café Lomo*.«

Kim, Franzi und Marie fielen aus allen Wolken. Was sagte Leo da? Nicky hatte immer davon gesprochen, dass *ihr* das *Lomo* gehörte. Das war ja merkwürdig!

Als ob sie geahnt hätte, dass gerade über sie geredet wurde, kam Nicky in dem Moment aus der Küche. Die drei !!! winkten sie an ihren Tisch.

»Hallo, Nicky!« Marie ließ sich ihre Verwunderung nicht anmerken und konzentrierte sich auf das vorerst wichtigere Thema. »Leo findet, du solltest deinen Bruder über die brenzlige Lage informieren, falls du das noch nicht getan hast.«

Nicky zögerte kurz. »Das … das geht nicht«, erklärte sie. »Gregor geht es nicht gut. Er war völlig überarbeitet und hatte ein Burn-out. Zurzeit erholt er sich in einer Rehaklinik. Die Kur schlägt schon an, aber er braucht immer noch viel Ruhe.«

»Das wussten wir nicht.« Kim war ehrlich betroffen. Gregor hatte immer so einen ruhigen, entspannten Eindruck gemacht. Von ihm hätte sie nicht erwartet, dass er für eine Stresskrankheit anfällig war.

»Okay«, sagte Franzi schließlich. »Wir respektieren natürlich deinen Wunsch.« Sie warf Kim und Marie einen warnenden Blick zu. »Nicht weiter nachbohren«, bedeutete das.
Kim und Marie verstanden. Die drei !!! ließen die Sache erst mal auf sich beruhen und bedankten sich bei Nicky.
Als sie in der Küche verschwunden war, sog Franzi hörbar die Luft ein. »Irgendwas ist hier faul. Warum hat Nicky behauptet, ihr würde das *Café Lomo* gehören? Und warum will sie uns von Gregor fernhalten? Wir sollten unbedingt die Adressen aller Rehakliniken in der Nähe raussuchen. So schwer kann es nicht sein, Gregor zu finden.«
»Genau dasselbe wollte ich auch vorschlagen«, sagte Kim. »Und dann wird es höchste Zeit, dass wir Nickys Bruder besuchen. Ich bin jetzt schon tierisch gespannt, was er uns erzählen wird.«

Maries Lauschangriff

»Schade, dass heute keine Besuchszeit in der Rehaklinik ist und wir erst morgen zu Gregor fahren können!« Franzi saß am nächsten Nachmittag mit Kim und Marie im Bus. Die drei !!! fuhren ins Industriegebiet zur Zentrale von *Coffee & Cocoa.*

»Morgen reicht doch auch noch, *Franka*!« Marie überprüfte im Schminkspiegel ihre himbeerroten Lippen, die einen aparten Kontrast zu ihrem rotbraunen Pagenschnitt bildeten. »So haben wir heute Zeit, um diesen Blom endlich zu erwischen. Diesmal lassen wir uns nicht abwimmeln, nicht wahr, *Kimberley*?«

»Ganz sicher nicht!« Kim schüttelte den Kopf. Die langen schwarzen Haare der Perücke flogen um ihr auffällig geschminktes Gesicht.

Franzi musste kichern. »Unsere Verkleidung ist super! Wetten, in der Firma erkennt uns kein Mensch wieder?«

»Davon gehe ich aus«, sagte Marie selbstbewusst und warf einen letzten prüfenden Blick auf die Outfits.

Diesmal hatten sich die Detektivinnen für Business-Kostüme entschieden, die sie mit schwarzen Strumpfhosen und Pumps kombiniert hatten. In der Aufmachung wirkten sie wie erwachsene junge Frauen auf dem Sprung zur großen Karriere. Der einzige Nachteil war, dass sie mit den knapp sitzenden Röcken nicht Fahrrad fahren konnten.

»Hey, wir sind schon da!«, rief Kim plötzlich und sprang auf. »An der nächsten Haltestelle müssen wir aussteigen.«

Vor lauter Reden wären sie beinahe zu weit gefahren. Kim drückte auf den Halteknopf, der Bus bremste und die Hintertür ging zischend auf. Die drei !!! stiegen aus.
Es waren nur ein paar Schritte bis zum Bürogebäude. Marie betrat als Erste das Foyer. Elegant stöckelte sie zum Tresen. »Einen wunderschönen guten Tag!«, flötete sie. »Wir haben einen Termin mit Herrn Blom.«
Die Empfangsdame sah verwirrt in ihren Terminkalender. »Sind Sie sicher, dass es heute ist? Ich habe nämlich gar nichts eingetragen.«
Marie legte ihre rot lackierten Fingernägel auf dem Tresen ab. »Ganz sicher! Blom konnte uns kurzfristig dazwischenschieben. Es geht um eine wichtige Steuerangelegenheit.«
»Steuerangelegenheit?« Die Empfangsdame musterte Marie misstrauisch. »Herr Blom hat mich gar nicht informiert, dass er die Steuerkanzlei gewechselt hat.«
Marie senkte diskret die Stimme. »Das ist sehr verständlich. Auch dieser Wechsel kam sehr kurzfristig, müssen Sie wissen.«
Kim und Franzi nickten stumm. Sie versuchten so gleichgültig wie möglich zu wirken. Leute, die in einer Steuerkanzlei arbeiteten, langweilten sich bestimmt schrecklich. Schließlich hatten sie den ganzen Tag mit staubtrockenen Zahlen zu tun.
Die Empfangsdame checkte erneut ihren Terminkalender. Dann wanderte ihr Blick prüfend von Kim zu Franzi und Marie und wieder zurück. Schließlich holte sie tief Luft und sagte kühl: »Tut mir leid, aber Herr Blom ist heute nicht zu sprechen. Am besten rufen Sie morgen an, um einen Termin zu vereinbaren in dieser wichtigen *Steuerangelegenheit.*« An

der Art, wie sie das letzte Wort betonte, merkte man, dass sie Marie die erfundene Geschichte nicht glaubte.
»Wie Sie wollen.« Marie zuckte mit den Achseln. »Aber beklagen Sie sich hinterher nicht bei mir, wenn Herr Blom verärgert sein wird.« Damit verabschiedete sie sich und ging mit Kim und Franzi in Richtung Ausgang.
Kaum waren sie ein paar Schritte vom Empfang entfernt, klingelte am Tresen das Telefon. »*Coffee & Cocoa*, einen wunderschönen Tag, was kann ich für Sie tun?«, spulte die Empfangsdame ihren üblichen Spruch ab. »Ja, ich sehe gleich mal im Kalender nach, eine Sekunde bitte …«
Die drei !!! setzten ihren Weg zum Ausgang fort. Da entdeckte Franzi kurz vor der Drehtür einen Wegweiser mit der Aufschrift »Besucher-Garderobe«. Sie grinste und gab Kim und Marie heimlich ein Zeichen. Die Detektivinnen bogen rechts ab und huschten unbemerkt in die Garderobe. Kichernd versteckten sie sich hinter der Kleiderstange, an der etliche Jacken und dünne Mäntel hingen.
Kim kicherte hinter vorgehaltener Hand. »So schnell werden die uns diesmal nicht los!«
»Hey, von hier aus kann man sogar den Eingangsbereich sehen!«, stellte Franzi erfreut fest, nachdem sie den Kopf zwischen zwei Jacken hindurchgesteckt hatte.
»Pssst!«, machte Marie plötzlich. Sie hatte Schritte gehört.
Die drei !!! duckten sich gerade noch rechtzeitig. Die Schritte kamen näher. Ein Mann und eine Frau betraten die Garderobe. Der Mann half der Frau aus ihrem Trenchcoat und hängte den Mantel auf einen Bügel. Boing! Der Bügel stieß gegen Franzis Schläfe.

Franzi kniff sich in den Arm, um den Schmerz zu unterdrücken. Der Bügel pendelte langsam aus. Kein Laut kam aus Franzis Mund. Sie atmete flach in den Brustkorb und zählte die Sekunden, bis der Mann endlich von der Kleiderstange zurückwich.

»Wie schön, dass Sie es einrichten konnten, an der Konferenz teilzunehmen«, sagte der Mann. »Heute stehen äußerst brisante Themen auf der Tagesordnung.«

»Ich weiß«, antwortete die Frau. »Blom hat mich schon informiert, dass es um die Expansion von *Coffee & Cocoa* geht und um Probleme bei der Beschaffung von geeigneten Immobilien.«

»Richtig.« Kim konnte durch eine Lücke zwischen zwei Jacken erkennen, wie der Mann nervös sein Jackett glatt zog. »Vor allem um eine bestimmte Immobilie in der Ahornstraße, die ist Ihnen sicher ein Begriff.«

Franzi vergaß für einen Moment den Schmerz auf ihrer Stirn. In der Ahornstraße lag das *Café Lomo*!

»Natürlich.« Die Frau klang sehr ruhig und souverän. Offenbar hatte sie eine höhere Position als der Mann. »Man wird hier sicher eine Lösung finden. In einer halben Stunde wissen wir mehr.«

»Das hoffe ich sehr!«, seufzte der Mann. »Na, dann wollen wir mal. Bevor es losgeht, gibt es noch Kaffee in der Vertriebsabteilung.«

Die Schritte der beiden Kollegen entfernten sich. Der Mann und die Frau verließen die Garderobe.

»Autsch!« Nachträglich erlaubte sich Franzi doch noch einen Schmerzenslaut. »Dieser blöde Typ hat mir den Kleiderbügel ins Gesicht gerammt! Das gibt garantiert eine fette Beule an der Schläfe.«

»Zeig mal her«, sagte Kim mitfühlend. »Tatsächlich, die Stelle ist ein bisschen rot.«

Franzi winkte ab. »Ach, ist halb so wild! Wir haben jetzt Wichtigeres zu tun. Was haltet ihr davon, wenn wir uns im Konferenzraum verstecken und mithören, was dort besprochen wird?«

Marie tauchte unter den Jacken und Mänteln durch und streckte ihren Körper, der in der gekrümmten Haltung steif geworden war. »Klingt in der Theorie gut, ist aber in der Praxis viel zu gefährlich. Ich bin für einen indirekten Lauschangriff.«

»Indirekter Lauschangriff?« Kim runzelte die Stirn. »Was meinst du damit?«

Vorfreude blitzte in Maries Augen auf. »Das kam neulich in einem Fernsehkrimi vor. Man braucht dazu zwei Smartphones. Ich erklär's euch: Man schleicht sich in das Zimmer, das man abhören will, und versteckt dort das erste Smartphone. Bevor man das Zimmer verlässt, öffnet man Skype und wählt die Nummer des zweiten Smartphones an. Danach nichts wie raus und ein sicheres Versteck suchen. Jetzt kann man mit dem zweiten Smartphone das Gespräch bei Skype annehmen und den Lauschangriff starten.«

»Cool!«, rief Franzi. »Aber wir sollten noch ein Handy im Konferenzraum verstecken und bei diesem Gerät die Aufnahmefunktion aktivieren. Dann können wir die Konferenz zwar nur zeitversetzt mithören, aber sonst reicht die Lautstärke nicht aus und wir verstehen kein Wort. Die Sache hat leider noch einen Haken: Wir haben keine Ahnung, wo der Konferenzraum ist.«

»Irrtum!« Kim rieb sich die Hände. »Bei unserem letzten Besuch sind wir doch kreuz und quer durchs Firmengebäude gelaufen. Im Vorbeigehen hab ich mir gemerkt, dass es neben der Marketingabteilung einen Flur mit Konferenzräumen gibt. Wir werden den richtigen Raum schon finden.«

Franzi klatschte Kim und Marie ab. »Ihr seid genial, ihr zwei! Also nichts wie los, wir dürfen keine Zeit verlieren.«

Die drei !!! prüften, ob die Luft rein war. Im Eingangsbereich hielt sich niemand auf und die Empfangsdame hatte ihren Kopf über den Kalender gebeugt. Kim, Franzi und Marie flitzten unbemerkt zu den Aufzügen, fuhren in den fünften Stock und fanden mit Kims Hilfe rasch den richtigen Flur. Es gab drei Konferenzräume, aber nur eine Tür war geöffnet. Eine Sekretärin schob gerade einen Teewagen mit Getränken, Obst und Keksen hinein.

»Oh nein!«, flüsterte Marie. »Wenn sie rauskommt, sieht sie uns auf jeden Fall. Wir können uns hier nicht verstecken.«

Kim nickte ängstlich. »Und was jetzt?«

Franzi überlegte kurz, dann hatte sie einen spontanen Einfall. »Lasst mich nur machen! Folgt mir einfach.« Sie klopfte zweimal an der Tür und ging lächelnd hinein. »Hallo! Wir sind drei Praktikantinnen und sollen Ihnen beim Tischdecken helfen.

»Ach, das ist aber lieb von euch!« Die Sekretärin, eine gestresst wirkende Frau um die fünfzig, überließ den Mädchen gerne das Feld. »Ihr kommt alleine zurecht? Wunderbar, dann kann ich gleich wieder an meinen Schreibtisch.«

Kaum war sie weg, machten sich die drei !!! an die Arbeit. Kim und Franzi deckten hastig den Tisch und Marie suchte inzwischen einen geeigneten Ort, an dem sie ihr Smartphone und das von Franzi ablegen konnte. Es gab nicht viele Möglichkeiten in dem karg eingerichteten Konferenzraum. Marie entschied sich für einen Blumentopf auf dem Fensterbrett. Vorsichtig lehnte sie die beiden Handys an den Stamm einer Zimmerpflanze und häufte links und rechts ein paar vertrocknete Blätter auf.

»Seht mal, ist das unauffällig genug?«, vergewisserte sie sich bei Kim und Franzi.

Ihre Freundinnen setzten sich auf zwei Plätze an den hufeisenförmig angeordneten Tischen. Alle Stühle waren so ausgerichtet, dass man gut auf die weiße Wand schauen konnte, an die mit einem bereitstehenden Laptop die Präsentationen geworfen wurden. Das Fensterbrett dagegen war ziemlich tief angebracht und mit diversen Zimmerpflanzen vollgestellt.

»Die Tarnung ist perfekt«, fand Kim und Franzi stimmte ihr zu.

Aufgeregt aktivierte Marie die Aufnahmefunktion bei Franzis Smartphone. Danach scrollte sie durch das Menü ihres eigenen Smartphones, öffnete Skype und wählte Kims Skypenamen an.

Kim nahm den Anruf an. »Jetzt aber schnell weg hier!«, kicherte sie.

Die drei !!! sausten über den Flur zurück zum Aufzug. Doch der ging gerade auf und die ersten Konferenzteilnehmer kamen heraus. Blitzschnell machten die Detektivinnen kehrt und rannten zur Hintertreppe, die für Feuer und andere Notfälle gedacht war. Franzi nahm locker immer zwei Stufen auf einmal. Trotzdem kam es ihr ewig vor, bis sie endlich die fünf Stockwerke geschafft und im Erdgeschoss angelangt war. Hinter sich hörte sie Maries Pumps klappern und Kims stoßweisen Atem. Jetzt mussten sie nur noch die Eingangshalle durchqueren.

»Halt, stehen bleiben! Wo kommen Sie denn auf einmal her?«, rief die Empfangsdame vom Tresen herüber.

»Tschüss!« Franzi winkte ihr lachend zu. Dann stürmte sie mit Kim und Marie durch die Drehtür.

Vor dem Parkplatz gab es eine Mauer. Die war perfekt, um sich dahinter zu verstecken.

»Ich … krieg … keine Luft … mehr!« Kim ließ sich keuchend auf den Asphalt plumpsen.

Franzi massierte die Schultern ihrer Freundin. »Einfach ruhig weiteratmen! Wo ist dein Handy?«

Kim deutete auf ihre Rocktasche. Franzi angelte das Handy heraus und gab es an Marie weiter.

Die jubelte: »Es hat geklappt!«

Aufgeregt beugten sich Kim und Franzi über das Smartphone. Auf dem Display erschienen die hufeisenförmig angeordneten Tische. Sie waren bis auf den letzten Platz besetzt mit Angestellten in Anzügen und Kostümen, die sich halblaut miteinander unterhielten, bis Herr Blom mit einem Kaffeelöffel gegen sein Wasserglas schlug. »Ich bitte um Ihre Aufmerksamkeit, meine Damen, meine Herren!«

Die Gespräche verstummten. Herr Blom eröffnete die Konferenz und warf mit dem Beamer die Tagesordnungspunkte an die Wand. Nun war er leider zu weit weg von Maries

Smartphone und – wie seine Kollegen – nicht mehr zu verstehen. Die drei !!! saßen wie auf Kohlen und warteten das Ende der Konferenz ab. Endlich standen alle Teilnehmer auf und verließen den Raum.

»Okay«, sagte Marie. »Ich hole jetzt unsere Smartphones.« Sie riss sich die rotbraune Perücke vom Kopf und ersetzte sie durch einen Hut aus feinem Lodenstoff, der mit seiner breiten Krempe Gesicht und Haare vollständig verbarg. »Drückt mir die Daumen!«

»Klar!«, sagten Kim und Franzi gleichzeitig.

Sieben qualvolle Minuten mussten sie warten, bis Marie endlich aus dem Gebäude geschossen kam, die beiden Handys triumphierend in der Hand schwenkend. »Nichts wie weg hier!«, rief sie atemlos.

Die drei !!! liefen zu einem kleinen Waldstück hinter dem Industriegebiet. Dort konnten sie Franzis Aufnahme ungestört abhören.

»Und nun zum aktuellen Stand unserer Expansionen«, kündigte Herr Blom an. »Wir stehen mit dem *Café Lomo* kurz vor Vertragsabschluss. Nicky Fresinger hat sich bereits mündlich damit einverstanden erklärt, das Café zu verkaufen. Die Verkaufssumme und die Details des Vertrags sind längst mit unserer Rechtsabteilung geklärt, der Vertrag liegt Frau Fresinger zur Unterschrift vor. So weit, so gut, aber jetzt kommen wir zum eigentlichen Problem: Frau Fresinger zögert die Unterschrift immer wieder hinaus. Ihre Gründe sind vorgeschoben. Freundliche Erinnerungen per Telefon haben nichts bewirkt. Ich bin ratlos. Was meinen Sie? Irgendwelche konstruktiven Vorschläge?«

Franzi zischte wütend: »Wie nennt er das? Freundliche Erinnerungen?? Handfeste Drohungen trifft es eher. Und was faselt er da? Nicky will das Café verkaufen? Das hat er wohl geträumt!«

Kim und Marie waren auch völlig vor den Kopf gestoßen. »Der verdreht ja komplett die Tatsachen«, brachte Kim es auf den Punkt.

»Und er kommt damit auch noch durch«, regte sich Marie auf. »Seht nur, alle seine Kollegen glauben ihm! Sie überlegen sogar noch, wie Blom den Verkauf beschleunigen könnte.«

Fassungslos hörten sich die drei !!! die vorgebrachten Ideen an. Natürlich war keine dabei, die nur im Entferntesten an eine kriminelle Handlung erinnerte. Am Ende lief es darauf hinaus, dass die Frau aus der Garderobe persönlich mit Nicky sprechen wollte, mit weiblicher Diplomatie, sozusagen »von Frau zu Frau«. Kurz darauf beendete Blom die Sitzung.

Auf dem Weg zurück in die Stadt saßen die drei !!! wie betäubt im Bus. Sie konnten es immer noch nicht glauben, was sie gerade gehört hatten. Wie dreist musste dieser Blom sein, um die Wahrheit dermaßen ins Gegenteil zu verkehren?

Während Franzi und Marie heiß darüber diskutierten, wurde Kim immer schweigsamer und blasser im Gesicht.

»Was hast du?«, fragte Marie irgendwann. »Nimmt dich unser Fall so mit?«

Kim sah ihre Freundinnen traurig an. »Das auch, aber da ist noch was anderes: Ich hab herausgefunden, dass Michi seinen Bruder im Gefängnis besucht.«

»Was?« Bei Franzi läuteten sofort sämtliche Alarmglocken. Frank war eine Person aus der Vergangenheit, an die sie nur sehr ungern dachte. Da ging es ihr ganz ähnlich wie Kim und Marie.

»Wie hast du das denn rausgefunden?«, wollte Marie wissen. »Hat er dir davon erzählt?«

Kims Gesichtsfarbe wechselte von Blass zu Hummerrot. Zögernd beichtete sie ihren Freundinnen, dass sie Michi heimlich gefolgt war. »Und jetzt weiß ich nicht, was ich tun soll«, beendete sie ihr Geständnis.

Franzi konnte Kims Konflikt absolut nachvollziehen. An ihrer Stelle hätte sie auch nicht gewusst, wie sie einen Ausweg aus diesem Strom aus widersprüchlichen Gefühlen finden sollte. Obwohl es eigentlich nur einen einzigen Ausweg gab. »Du musst mit Michi offen darüber sprechen, so schwer es dir auch fällt!«

Kim wartete noch auf Maries Reaktion, aber die schloss sich Franzi an. »Warum seid ihr immer so schrecklich ehrlich?«, stöhnte sie. Dann rang sie sich zu einem Lächeln durch. »Ihr habt natürlich recht. Ich muss mit Michi reden. Und ich werde mich bei ihm entschuldigen, dass ich ihm nachspioniert habe. Ich hab keine Ahnung, ob er mir jemals verzeihen wird. Das liegt nicht in meiner Hand.«

Marie drückte aufmunternd Kims Hand. »Du sagst es! Für unseren Fall gilt übrigens das Gleiche: Wir werden unser Bestes geben, um ihn zu lösen. Ob wir Erfolg dabei haben, liegt letztlich nicht in unserer Hand.«

Was ist die Wahrheit?

»Das soll ein Krankenhaus sein?« Kim stieg von ihrem Fahrrad ab und ließ den Blick über das Gelände der *Rehaklinik Friedenhain* schweifen. »Das sieht doch wie ein piekfeines Wellnesshotel aus!«

»Gar nicht übel«, bestätigte Marie. Sie hatte mit ihrem Vater bereits in einigen 5-Sterne-Hotels übernachtet und wusste, wovon sie sprach.

Die Rehaklinik am grünen Südrand der Stadt machte tatsächlich einen sehr ansprechenden Eindruck. In einen weitläufigen Park eingebettet waren das Hauptgebäude mit Innen- und Außenpool sowie eine Reihe von hübschen Bungalows, jeweils mit eigener Terrasse und bequemen Sonnenliegen.

Marie schob ihr Mountainbike zu den Fahrradständern und zwinkerte ihren Freundinnen zu. »Ich glaube, ich lege mir auch so ein Burn-out zu. Dann schwänze ich drei Wochen die Schule und lasse mich in diesem Wellness-Tempel verwöhnen.«

»Sag nicht so einen Unsinn!« Franzi ärgerte sich über Maries Gedankenlosigkeit. »Die Leute, die hierherkommen, sind schwer krank. Darüber macht man keine Witze.«

»Entschuldige bitte!« Marie merkte, wie unsensibel ihre Bemerkung gewesen war. »Oma Lotti war auch in einer Rehaklinik, stimmt's? Wie geht es ihr eigentlich?«

»So weit ganz gut«, sagte Franzi leise, »aber wir haben alle Angst, dass sie noch mal stürzen könnte. Deshalb muss immer jemand bei ihr sein.« Franzis Hände gehorchten ihr nicht

richtig, als sie das Fahrradschloss durch den Metallbügel des Ständers ziehen wollte. Sie brauchte drei Anläufe, bis sie es endlich schaffte.
Kim suchte inzwischen nach den richtigen Worten. »Das stelle ich mir … das ist sicher sehr anstrengend für euch alle.«
»Ja, besonders für meine Mutter. Sie ist dauernd müde, weil sie auch nachts rausmuss, um Oma Lotti zur Toilette zu begleiten.« Franzi verschwieg, dass sie in letzter Zeit auch ständig müde war. Manchmal wachte sie nachts von den Schritten im Flur auf und konnte danach schlecht wieder einschlafen.
»Hoffentlich geht es ihr bald besser!« Marie versuchte, positive Stimmung zu verbreiten.
»Danke«, sagte Franzi und wischte sich mit einem Taschentuch die schwarze Kettenschmiere von den Fingern. Es war lieb von ihren Freundinnen, sie zu trösten, aber davon wurde Oma Lotti leider nicht wieder gesund. Dazu hätte schon ein Wunder passieren müssen.
»Sollen wir alleine reingehen?«, fragte Kim. »Möchtest du dich auf eine Bank setzen und ein bisschen Zeit für dich haben?«
Franzi protestierte: »Nein, bloß nicht! Ich komme natürlich mit zu Gregor. Vielleicht bringt er endlich Licht ins Dunkel unseres Falls.« Die Ermittlungen waren das Beste, was Franzi im Moment passieren konnte. Sie brachten sie auf andere Gedanken.
»Ich bin auch schon total gespannt«, gab Marie zu. »Seid ihr so weit? Dann kann's losgehen.«
Die drei !!! meldeten sich beim Pförtner. Sie hatten ihren Be-

such telefonisch angemeldet. Gregor hatte sich sofort an die Detektivinnen erinnert und sich gefreut. Der Pförtner beschrieb ihnen den Weg zur Sonnenterrasse des Klinik-Cafés. Gregor saß bereits an einem der Bistrotische. Er trug ein weißes Hemd zur dunkelblauen Stoffhose und wirkte auf den ersten Blick überhaupt nicht krank. Als er die Mädchen entdeckte, legte er sein Buch weg und winkte ihnen lächelnd zu.

»Hallo, ihr drei! Schön, euch zu sehen.«

Kim, Franzi und Marie setzten sich zu ihm. Aus der Nähe sah man dann doch die dunklen Schatten unter seinen Augen und dass Gregor mindestens drei Kilo abgenommen hatte.

»Wie geht es Ihnen?«, erkundigte sich Marie.

Gregors Lächeln vertiefte sich. »Jeden Tag besser. Die Klinik ist wunderbar, ich blühe hier richtig auf. Euch scheint es aber auch gut zu gehen. Habt ihr übrigens zufällig Lust auf Eisschokolade?«

»Zufällig ja«, sagte Kim stellvertretend für alle.

Gregor bestellte für sich einen Eiscafé und ein stilles Wasser. Die Getränke wurden gebracht und jeder schlürfte durch seinen Strohhalm.

Nach einer Weile lehnte Gregor sich im Stuhl zurück. »Ihr habt mich am Telefon neugierig gemacht. Ihr müsst mir dringend was erzählen! Worum geht es denn?«

Franzi holte tief Luft. »Um das *Lomo*, um Ihr Café. Ehrlich gesagt, wollte Nicky nicht, dass wir Sie besuchen. Sie möchte Sie nicht mit unangenehmen Dingen belasten. Aber wir fanden es schon sehr wichtig …«

»Schießt los!«, sagte Gregor gespannt. »Keine Angst, ich kann schon was aushalten.«

Franzi begann ganz von vorne: mit Blom, der im *Café Lomo* aufgetaucht war, mit der Verwüstung des Biergartens, der Manipulation der Kaffeemaschine und den Drohungen per SMS.

Gregor hörte ernst zu. Als Franzi die wichtigsten Dinge losgeworden war, meinte er: »Ich bin sehr froh, dass ihr mir das erzählt habt. Arme Nicky! Es muss furchtbar für sie sein, so heftig von *Coffee & Cocoa* unter Druck gesetzt zu werden. Ich hatte gleich am Anfang keinen guten Eindruck von der Cafékette und hab mich sehr geärgert, als Nicky mir von Bloms Besuch im Café erzählt hat. Alles andere hat sie mir verschwiegen. Dass Blom so weit geht, erschreckt mich.«

»Sie kennen Blom?«, fragte Marie überrascht.

Gregor nahm einen Schluck Wasser. »Ja, leider. Eine Woche vor meinem Burn-out hat er mir ein Angebot gemacht. Er wollte, dass ich das *Lomo* verkaufe. Ich habe rundweg abgelehnt und dachte eigentlich, dass ich mich klar genug ausgedrückt habe.«

»Das haben Sie bestimmt«, sagte Kim, »aber dieser Blom und seine Komplizen schrecken anscheinend vor nichts zurück. Die SMS sind für Nicky das Schlimmste. Einmal wurde sie schon verfolgt und seither fühlt sie sich permanent bedroht. Wir haben ihr mehrfach geraten, die Polizei einzuschalten. Das will sie jetzt auch tun.«

Gregor richtete sich kerzengerade auf. »Ich danke euch sehr. Hoffentlich tut sie das wirklich ganz bald. Meine arme kleine Schwester …«

»Sie ist total fertig mit den Nerven.« Franzi nahm nun keine Rücksicht mehr auf Gregors Krankheit. Er hatte ein Recht, die volle Wahrheit zu erfahren. »Dass dann auch noch die Fensterscheibe des *Lomo* beschmiert wurde, hat Nicky den Rest gegeben.«

»Fensterscheibe? Das auch noch?«, fragte Gregor alarmiert.

Franzi stellte rasch klar, dass hinter dieser Aktion nicht die Cafékette, sondern jemand anders steckte, der mit der Erpressung nichts zu tun hatte.

Bei Filders Geschichte schüttelte Gregor zwischendurch immer wieder den Kopf. »Oje, eine unbezahlte Rechnung! Das überrascht mich leider gar nicht. Nicky ist sehr chaotisch, sie hatte immer schon große Probleme mit der Buchführung. Ich verrate euch jetzt ein offenes Geheimnis: Eigentlich ist sie überhaupt nicht geeignet, ein Café zu führen.«

Die drei !!! starrten Gregor ungläubig an. Was hatte er da gerade über seine Schwester gesagt?

Der Besitzer des *Lomo* löffelte den letzten Rest Eis aus seinem Becher. »Ja, ihr habt schon richtig gehört. Ich mag meine Schwester sehr, wirklich. Aber ich hab ihr das *Café Lomo* nur anvertraut, weil sie fast schon darum gebettelt hat. Sie wird mir beweisen, wie toll sie das hinkriegt, hat sie zu mir gesagt.« Er seufzte traurig. »Hätte ich doch bloß nicht nachgegeben und vorübergehend eine zuverlässige Kraft aus der Branche eingestellt.«

Franzi war der Appetit auf Eisschokolade vergangen. Erst wurde sie wütend. Wie konnte Gregor so etwas Gemeines behaupten? Dann tauchten Bilder aus ihrem Gedächtnis auf: Nicky, die sich als Besitzerin des *Lomo* ausgegeben und die drei !!! bewusst angelogen hatte. Nicky, die monatelang ziellos durch Indien gereist war. Nicky, die trotz Mahnung eine

Rechnung nicht bezahlte und die das *Café Lomo* in kürzester Zeit unglaublich chic renoviert hatte.
Plötzlich nahm Franzi Nicky mit ganz anderen Augen wahr. Spielte sie nur die Rolle der dynamischen Jungunternehmerin? War sie gar nicht so geschäftstüchtig, wie sie nach außen hin wirkte? Hatten sich die drei !!! in ihr getäuscht? Es sah fast danach aus.
Nach dem intensiven Gespräch mit Gregor waren die Detektivinnen regelrecht geplättet. Sie mussten die neuen Nachrichten erst mal verdauen, verabschiedeten sich von Gregor und radelten zurück in die Innenstadt.
Vor dem Einkaufszentrum legten sie eine Verschnaufpause ein. »Wir sollten ein Clubtreffen bei mir abhalten«, schlug Kim vor, »und gemeinsam alles aufschreiben, damit wir Klarheit in den Fall kriegen.«
Marie trommelte ungeduldig aufs Lenkrad. »Hat das nicht Zeit bis später? Ich würde am liebsten sofort zum *Café Lomo* fahren und Nicky zur Rede stellen. Wenn wir ihr auf den Kopf zusagen, was wir von Gregor erfahren haben, kann sie nicht mehr ausweichen.«
»Noch besser wäre es, wenn wir handfeste Beweise hätten«, wandte Franzi ein. »Die könnten wir allerdings auch im *Lomo* finden.«
Kim schwang sich wieder in den Sattel. »Richtig wohl ist mir nicht dabei, aber ihr habt mich überstimmt. Gut, wir fahren hin und entscheiden spontan, je nachdem, was uns dort erwartet.«
Das *Café Lomo* war am späten Nachmittag gut besucht. Sowohl draußen als auch drinnen war einiges los. Sabrina, Leo

und Nicky hatten alle Hände voll zu tun und schwirrten im Lokal herum. Auf der Suche nach einem freien Platz kamen die drei !!! am Flur neben dem Tresen vorbei. Die Tür zu Nickys Büro war nur angelehnt.

»Kribbelt es euch auch in den Fingern?«, flüsterte Marie.

»In den Fingern und im Bauch«, gab Franzi flüsternd zurück.

Kim zögerte am längsten, aber schließlich siegte doch ihre detektivische Neugier. Die drei !!! huschten in den Flur und stahlen sich in Nickys Büro. Es war leer. Sie konnten sich in Ruhe umsehen.

»Ich hab immer noch ein schlechtes Gewissen dabei«, seufzte Kim.

»Ignorier es einfach«, riet Franzi. »Wir schnüffeln nicht herum, wir ermitteln. Ich hab nämlich das unbestimmte Gefühl, wir könnten hier auf etwas Wichtiges stoßen.«

Als Erstes nahmen sie sich den chaotischen Schreibtisch vor. Aus den Ablagekästen quollen Stapel von Papieren.

Marie blätterte die obersten Papiere durch und pfiff durch die Zähne. »Seht euch das mal an! Hier sind lauter unbezahlte Rechnungen und Mahnungen. Filder ist nicht der Einzige, dem Nicky was schuldet.«

»In dem zweiten Ablagekasten sind auch unbezahlte Rechnungen«, meldete Kim. »Lieferanten, Möbelfirmen, ein großer Elektrofachmarkt, bei dem Nicky die Tablets bestellt hat. Wahnsinn, die Beträge sind echt hoch!«

Franzi untersuchte einen Papierstapel, der quer auf der Computertastatur lag. »Es geht weiter. Hier sind Briefe von der Bank. Nicky hat anscheinend Probleme bei der Rückzahlung von Kreditraten. Die Bank erinnert sie an mehrere ausstehende Zahlungen.«

Marie überflog einen Ordner mit Kontoauszügen. »Nicky steckt tief im Soll. Sie ist hoch verschuldet!«

»Ich hab auch eine Vermutung, warum.« Kim betrachtete das Chaos im Büro. »Sie hat bei der Renovierung des *Café Lomo* viel zu viel Geld ausgegeben. Sie hat sich komplett verkalkuliert.«

Auf einmal kam Franzi ein schrecklicher Verdacht. »Womöglich stimmt es doch, was die in der Konferenz gesagt haben. Meint ihr, Nicky will wegen ihrer hohen Schulden das *Lomo* verkaufen?«

»Hinter dem Rücken ihres Bruders?« Marie schnappte nach Luft. »Das wäre echt dreist von ihr. Aber …«

»Was wäre dreist?« In der offenen Tür stand plötzlich Sabrina. Niemand hatte sie kommen hören.

Die Masken fallen

»Was fällt euch ein, in Nickys Büro herumzuschnüffeln?« Die sonst so zurückhaltende Sabrina wurde zum ersten Mal richtig laut.

Kim suchte nach einer halbwegs plausiblen Erklärung. »Wir warten auf Nicky«, behauptete sie. »Sie wollte mit uns sprechen, und weil sie nicht kam, haben wir uns ein wenig in ihrem Büro umgesehen. Das ist schließlich nicht verboten, oder?«

»Ihr habt herumgeschnüffelt!« Sabrina beharrte auf ihrem Verdacht, womit sie natürlich nicht ganz unrecht hatte.

Kim wollte zu einer weiteren Erklärung ausholen, aber Marie kam ihr zuvor. »Was machst *du* denn eigentlich hier?« Sie zeigte auf den Werkzeugkasten, den Sabrina in den Händen hielt.

»Ich?« Die Bedienung geriet aus dem Konzept und bekam hektische rote Flecken im Gesicht. »Äh … den Werkzeugkasten wollte ich nur zurückstellen. Er gehört Nicky. Ich hab ihn vor ein paar Tagen gebraucht.«

Marie zog beide Augenbrauen hoch. »Ach, das ist ja interessant!«

Sabrina stellte den Kasten so hastig ab, als ob sich darin eine Zeitbombe befinden würde. Die Werkzeuge schlugen klappernd gegeneinander und Sabrina fummelte wieder mal nervös an ihrem Leinentuch herum.

Franzi registrierte Sabrinas Verlegenheit, sie registrierte das Leinentuch. Da fiel es ihr plötzlich wie Schuppen von den

Augen: die Leinenfaser. Das Indiz von der Mauer im Innenhof, es konnte von dem Tuch stammen!
»Sabrina«, sagte sie leise, aber extra deutlich: »Hast du den Biergarten verwüstet? Wir haben ein Beweisstück an der Mauer gefunden.«
Die Bedienung zuckte zusammen. Drei Augenpaare waren auf sie gerichtet. Von draußen hörte man gedämpft Stimmen aus dem Café.
Sabrina schwieg immer noch. Doch plötzlich, aus heiterem Himmel, fing sie an zu weinen. »Ich wollte nichts zerstören, ich wollte Nicky doch bloß helfen! Es sollte eine Überraschung für sie sein, wegen der großzügigen Gehaltserhöhung, die sie mir gegeben hat. Ich dachte mir, ich schmücke den Garten mit einem lustigen Gartenzwerg, fülle die Pflanzkübel mit Erde auf und dünge die Palmen, damit sie schön wachsen. Dann ist mir dieser blöde Sack aufgerissen. Als ich die verschüttete Erde aufkehren wollte, bin ich gegen die Windlichter gestolpert. Sie sind umgestürzt, ich hab Panik bekommen und bin abgehauen.«
»Über die Mauer, wo du vorher auch hergekommen warst«, rekonstruierte Kim den Tathergang.
Sabrina schüttelte den Kopf. »Nein, ich hab ja einen Schlüssel zum Café. Als ich reinkam, hab ich hinter mir abgesperrt, zur Sicherheit. Aber auf dem Rückweg bin ich über die Mauer geklettert, weil ich niemanden sehen und so schnell wie möglich verschwinden wollte.« Sabrina wischte sich mit ihrem Tuch die Tränen von den Wangen. »Es tut mir alles so schrecklich leid, auch das mit der Kaffeemaschine …«
Marie horchte auf. Langsam fügte sich ein Puzzleteil zum

anderen. »Du hast also auch an der Maschine herumgeschraubt? Ist dir eigentlich klar, dass du die Gäste ernsthaft hättest verletzen können?«

Sabrina schniefte. »Das wollte ich doch nicht! Ich hab mitbekommen, dass Nicky Geldsorgen hat. Die Kaffeemaschine hatte nur einen kleinen Defekt. Ich dachte mir, den teuren Kundendienst können wir uns sparen. Das kann ich ganz leicht selbst reparieren. Aber ... äh ... so leicht war es dann leider doch nicht.«

Sabrina stand wie ein Häuflein Elend vor den Detektivinnen. Jetzt tat sie Franzi fast schon leid. Sie wurde wirklich vom Pech verfolgt. So viel guter Wille – und keine ihrer Anstrengungen hatte zum Erfolg geführt. Im Gegenteil, sie hatte alles nur noch schlimmer gemacht.

Die drei !!! waren für einen Moment ratlos. Was sollten sie jetzt tun? Mit Sabrina zu Nicky gehen?

Die Bedienung nahm ihnen die Entscheidung ab. Sie schluchzte wieder los und brachte mühsam hervor: »Ich sag es Nicky selbst, aber nicht heute, heute kann ich nicht.« Verzweifelt stürzte sie aus dem Büro.

In der Tür stieß sie mit Nicky zusammen. Bestürzt fragte Gregors Schwester: »Was ist denn los mit dir?«

»Gar nichts!«, rief Sabrina und rannte hinaus in den Flur.

Jetzt erst entdeckte Nicky Kim, Franzi und Marie. »Könnt ihr mir das erklären? Sabrina ist ja völlig durcheinander. Was ist denn passiert?«

»Das möchte dir Sabrina gerne selbst erzählen, wenn sie sich wieder beruhigt hat«, sagte Kim. »Aber keine Sorge: Es ist nichts Schlimmes.«

Nicky atmete auf. »Zum Glück! Ich hab einen Riesenschrecken bekommen. In letzter Zeit überschlagen sich nämlich die Ereignisse in meinem Leben, wie ihr ja schon mitbekommen habt.« Sie presste stöhnend ihre Hand gegen die Stirn. Gestern noch wäre Franzi voller Mitleid gewesen, aber heute fand sie Nickys Auftritt übertrieben theatralisch. Komisch, früher war ihr das nicht aufgefallen, früher hatte sie ihr die Geschichten geglaubt.

»Was ist denn?« Weil die drei !!! nichts sagten, fragte Nicky scheinbar belustigt: »Hab ich irgendwas im Gesicht? Einen Kuchenkrümel oder so?«

»Nein, da ist nichts.« Marie rollte den Bürostuhl zu Nicky herüber. »Hast du kurz Zeit? Wir würden gerne mit dir reden.«

»Worüber denn? Das Café ist voll, ich glaube, das ist kein guter Zeitpunkt ...«

Nicky spielte wieder die professionelle Geschäftsfrau, aber Franzi hatte das Gefühl, dass sie etwas ahnte. Als Kim Nicky versichert hatte, es würde nicht lange dauern, setzte sie sich schließlich widerstrebend in den Bürostuhl.

»Zuerst mal müssen wir uns bei dir entschuldigen«, fing Marie an. »Wir haben die vielen unbezahlten Rechnungen gesehen. Sie lagen offen herum und ... na ja, da haben wir unsere Schlüsse gezogen. Du bist hoch verschuldet, nicht wahr, Nicky? Kann es sein, dass du dich bei der Renovierung übernommen hast? War das der Grund, warum du das *Café Lomo* verkaufen wolltest?«

Nicky schlug lässig die Beine übereinander. »Ich weiß gar nicht, wovon du sprichst.«

»Doch, das weißt du genau.« Kim trat vor den Schreibtisch und lehnte sich gegen die Tischplatte. Jetzt war sie auf Augenhöhe mit Nicky. »Wir sind Zeuge einer Konferenz von *Coffee & Cocoa* gewesen. Dort wurde darüber gesprochen, dass du dem Verkauf mündlich zugestimmt und nur noch nicht den Vertrag unterschrieben hast. Stimmt das?«

Nicky wollte immer noch nicht reden. Ihr Gesicht war so undurchdringlich wie eine Maske.

Franzi beschloss, noch konkreter zu werden: »Du hast uns belogen, Nicky. Du hast behauptet, dass dir und nicht Gregor das *Café Lomo* gehört. Wir haben das Gefühl, dass du uns noch mehr Lügen aufgetischt hast. Wirst du wirklich bedroht und erpresst?« Die letzte Frage beruhte auf einer reinen Vermutung, aber anscheinend traf sie mitten ins Schwarze.

Nickys Maske verrutschte. »Ich … ich kann das nicht mehr! Ihr habt mich durchschaut. Es ist aus.« Sie klammerte die Hände um die Armlehnen ihres Bürostuhls. Ihre Knöchel traten weiß hervor.

Die drei !!! schwiegen. In ihrer Detektivlaufbahn hatten sie gelernt, dass man in solchen Augenblicken warten musste, dann kam das Geständnis meist ganz von alleine.

Auch diesmal war es so. Nicky machte den Mund auf und endlich sagte sie die Wahrheit: »Ich hab alles vermasselt! Dabei ist es so gut angelaufen. Gregor hat noch kurz vor seinem Burn-out die Erweiterung des Innenhofs in die Wege geleitet. Er wollte nur ein paar Tische rausstellen, nichts groß verändern oder so. Aber ich hatte so viele tolle Ideen! Das Sonnensegel, die Außen-Bar, die Palmen und so weiter. Und wenn ich erst mal im kreativen Prozess drin bin, kann ich so schnell nicht mehr aufhören. Ich musste mit dem Innenraum weitermachen. Ihr glaubt gar nicht, was es da für Wahnsinnsmöglichkeiten gibt! Die Wandtattoos, die Lederhocker und die Designer-Tische. Qualität zahlt sich aus, dachte ich, das rechnet sich schon auf Dauer irgendwie. Und bei den Tablets konnte ich einfach nicht widerstehen.«

Nickys Wangen hatten sich vor Eifer gerötet. Beinahe hätten sich die drei !!! von ihrer Begeisterung mitreißen lassen, aber sie hatten einen Fall aufzuklären.

»Darf ich raten?«, schaltete sich Marie ein. »Die Innenrenovierung und die Anschaffung der Tablets war mit Gregor nicht abgesprochen. Er hätte niemals so viel Geld ausgegeben, und deshalb hast du es ihm verschwiegen.«

Nicky erhob sich vom Bürostuhl und lief nervös im Büro auf und ab. »Ich kenne ihn! Er hätte sofort verlangt, dass ich alles zurückbringe. Aber ich wollte ihm beweisen, dass ich die Investitionen locker wieder reinkriege, weil jetzt viel mehr Besucher ins *Lomo* kommen.« Nicky blieb abrupt stehen und betrachtete betrübt die Stapel mit unbezahlten Rechnungen. »Leider hat das nicht so schnell funktioniert. Die Firmen wollten ihr Geld viel früher haben. Aber dann kam Blom und hat mir dieses fantastische Angebot gemacht. Das war wie ein Rettungsanker für mich. Ich hab mit Gregor gesprochen, aber der war strikt gegen einen Verkauf.«

»Da wolltest du das *Lomo* auf eigene Faust verkaufen.« Franzi konnte ihre Enttäuschung über Nickys Tat nicht verbergen. Sie hatte keinerlei Skrupel gehabt, das schönste Café der Stadt an eine anonyme Cafékette zu verscherbeln.

Nicky begann wieder, im Büro hin und her zu laufen. »Ja«,

gestand sie kleinlaut. »Gregor durfte nichts von den Schulden erfahren. Ich wollte beim Verkauf heimlich Geld abzweigen und sie bezahlen. Gregor hätte nichts gemerkt, ich hätte ihm einfach eine andere Verkaufssumme genannt. Aber es gab schon wieder einen Haken: Ich hab viel zu spät gemerkt, dass ich gar nicht zeichnungsberechtigt bin.«

Kim schüttelte ungläubig den Kopf. »Deshalb hast du Blom immer wieder hingehalten, bis er ungeduldig wurde.«

»Ja.« Nicky ließ sich wieder in den Bürostuhl fallen. Den Rest erzählte sie sehr schnell: »Ihr habt Blom ja im Café gesehen. Er war sauer, aber er hat mich nicht unter Druck gesetzt. Als ihr mich angesprochen habt, hatte ich plötzlich diese verrückte Idee: euch als Zeugen zu nehmen und irgendwann später meinem Bruder die Geschichte aufzutischen, dass ich bedroht und verfolgt werde. Damit wollte ich Gregor dazu zwingen, das *Lomo* doch noch zu verkaufen.«

Ein eiskalter Schauer lief Franzi den Rücken hinunter. »Du hast uns benutzt? Die SMS, die Bedrohung, das war alles nur inszeniert?«

Nickys Augen füllten sich mit Tränen. »Ja … Ich hätte das nicht tun dürfen, ich bereue es jetzt total, aber ich wusste keinen anderen Ausweg. Es ging auch alles so leicht: die SMS mit unbekanntem Absender aus dem Internet an mich selbst zu schreiben. Und dann ist auch noch zufällig Sandro aufgetaucht, mein anhänglicher Verehrer aus Indien. Er kam mir gerade recht, um ihn als Verfolger hinzustellen. Ich hoffe so sehr, dass ihr mir verzeihen könnt. Nicht heute, das ist mir klar, aber irgendwann später.«

Marie war zu geschockt, um auf den Wunsch einzugehen.

»Das hättest du tatsächlich nicht tun dürfen. Zum Glück haben wir rechtzeitig die Wahrheit aufgedeckt. Der Besuch bei Gregor in der Rehaklinik war in der Hinsicht sehr aufschlussreich. Nur eine Frage bleibt noch offen für mich: Wir haben von einem Rechtsanwalt einen Brief bekommen. Darin stand, dass wir sofort die Ermittlungen abbrechen sollen. War das auch so eine Inszenierung von dir?«

»Ja«, sagte Nicky peinlich verlegen. »Der Rechtsanwalt ist ein Freund von mir. Er studiert Jura und hat den Brief für mich aufgesetzt. Ich wollte nicht, dass ihr bei *Coffee & Cocoa* recherchiert und meine Lügen aufdeckt. Und ich wollte nicht, dass ihr zu Gregor fahrt und ihm womöglich eine Geschichte erzählt, die von meiner Version abweicht.«

Franzi verständigte sich über Blicke mit Kim und Marie. »Ich glaube, wir sollten das Gespräch hier beenden. Es gibt nichts mehr zu sagen.« Ohne Gruß, ohne ein Abschiedswort verließen die drei !!! Nickys Büro.

Geheimes Tagebuch von Kim Jülich
Freitag, 21:57 Uhr

Vertrauen ist alles, Kontrolle ist besser. Ich kontrolliere REGELMÄSSIG, ob jemand unerlaubterweise mein geheimes Tagebuch liest. Meine Methoden sind vielfältig und äußerst effizient. Am Ende finde ich IMMER die Wahrheit heraus.

Ich bin wahnsinnig froh, dass ich endlich mit Michi gesprochen hab! Erst im Nachhinein hab ich gemerkt, wie sehr mich die Sache mit Frank belastet hat. Michi war natürlich total sauer, dass ich ihm nachspioniert habe, aber dann hat er mir verziehen und alles erzählt. Ja, er hat seinen Bruder im Gefängnis besucht.

Frank wird bald entlassen werden. Michi freut sich schon sehr darauf. Er hat seinen Bruder sehr vermisst. Das war mir gar nicht so bewusst. Mir würde es vermutlich ganz genauso gehen. Falls Ben und Lukas mal kriminell werden und im Jugendknast landen sollten (nein, das ist keine Aufforderung an euch, kommt jetzt bloß nicht auf dumme Gedanken!), würden sie mir sogar unglaublich fehlen. Ich hab sie doch lieb, die kleinen Monster!
Aber zurück zu Michi: Einerseits war ich schwer erleichtert, dass wir endlich offen über Frank geredet haben. Andererseits behagt mir die Vorstellung gar nicht, dass er bald auf freiem Fuß sein wird. Hat er seine Tat wirklich bereut? Oder wird er eines Tages rückfällig werden? So etwas kann durchaus passieren bei Verbrechern, darüber hab ich mal einen Artikel gelesen. Und ich hab echt Angst davor! Aber es hilft nichts. Ich werde einen Weg finden müssen, damit umzugehen. Und zum Glück bin ich ja nicht allein. Michi ist an meiner Seite. Ich liebe ihn so sehr.
Das Gute zum Schluss: Wir haben uns hoch und heilig versprochen, dass es kein Tabu mehr geben soll in unserer Beziehung. In Zukunft wollen wir wirklich über alles reden, auch über die unangenehmen Dinge. Jawohl!

Ende gut, *Lomo* gut!

»Du isst ja gar nichts!« Felipe zeigte betrübt auf Franzis Teller. Sie hatte den ofenwarmen Schokomuffin nicht einmal angerührt.
»Ich hab keinen Hunger«, gestand Franzi. »Aber du kannst ihn gerne haben, wenn du möchtest.«
Felipe, der normalerweise so ein Angebot niemals abgelehnt hätte, schüttelte den Kopf. »Nein, danke.« Er hob den Kopf und starrte auf die Uhr im Flughafencafé. Die Zeiger hatten sich schon wieder mit rasender Geschwindigkeit vorwärtsbewegt. »Ich hasse diese Uhr!«, murmelte er. »Ich klettere gleich auf den Tisch da drüben und halte die Zeiger an.«
»Au ja!«, rief Franzi sofort. »Dann kommt die Flughafenpolizei und nimmt dich fest. Das Verhör dauert so lange, dass du deinen Flieger verpasst und doch nicht nach Mexiko gehst.«
»*Mi amor*, meine liebste Freundin!« Felipe lächelte, aber seine Augen waren dunkel und unendlich traurig.
Franzi zerriss es fast das Herz. Sie konnte sich nicht vorstellen, auch nur einen Tag ohne Felipe zu sein. Wie sollte sie es bloß aushalten, für Monate, vielleicht sogar für ein halbes Jahr von ihm getrennt zu sein? Franzi hatte das Gefühl, in einen tiefen, schwarzen Abgrund zu fallen.
»Du darfst nicht an den Abschied denken, du musst dir unser Wiedersehen in den schönsten Farben ausmalen.« Felipe nahm Franzis Hand und umschloss sie mit seinen starken, warmen Fingern.
Franzi lächelte tapfer die Tränen weg. »Ja, du hast recht. Au-

ßerdem hab ich ja noch Tesoro, deinen Glücksbringer.« Sie holte das kleine weiße Schaf aus ihrem Rucksack und strich ihm zärtlich über den flauschigen Kopf.

Felipe sah das Schaf streng an. »Pass ja gut auf Franzi auf, hörst du, Tesoro? Sie ist das Liebste, was ich habe.«

»Mäh!« Franzi bewegte den Kopf des Schafs mehrfach von oben nach unten. Das sah so komisch aus, dass sie lachen musste.

»Und du hast noch etwas«, erinnerte Felipe sie. Er streifte den Ärmel seines Strickpullis zurück. Ein weißes Lederarmband kam zum Vorschein, an dem ein kleiner, oval geschliffener Rosenquarzstein hing. »Du musst nur ganz fest an mich denken.«

Franzi tastete nach dem Armband an ihrem Handgelenk. Auch sie hatte einen Rosenquarz, der selbst im trüben Licht der Flughafenhalle wie eine taufrische Rose schimmerte. »Ja, ich weiß …«

Anfangs hatte Franzi nicht an den Zauber geglaubt, mit dem Felipes Großmutter Rosita ihr Armband und das von Felipe besprochen hatte. Aber dann hatte sie es ausprobiert und festgestellt, dass er tatsächlich funktionierte. Sie musste nur den Rosenquarz berühren, ihr Herz mit Liebe füllen und sich auf ihren Freund konzentrieren. Dann konnte sie sehen, wo Felipe war und was er in diesem Augenblick gerade machte.

Der Lautsprecher über Franzis und Felipes Tisch knackte. Dann hörten sie die Stimme einer Frau: »Passagiere des Fluges LH 498 nach Mexiko-Stadt, bitte kommen Sie zum Gate 18. Ihre Maschine steht zum Abflug bereit. Passagiere nach Mexiko-Stadt bitte zu Gate 18.«

Felipe stand hastig auf. »Ich muss los!«
»Ich komm noch mit zur Sicherheitssperre.« Franzi ließ das Tablett stehen und lief Hand in Hand mit Felipe über das Rollband zur Abflughalle. Den Koffer hatte Felipe schon vorher aufgegeben.
Am Durchgang zur Sicherheitskontrolle warteten Kim und Marie. Sie waren auch mit zum Flughafen gekommen, hatten aber einen Bummel durch die Geschäfte gemacht, damit Franzi und Felipe die letzte kostbare Stunde zu zweit verbringen konnten.
Marie hielt einen pinkfarbenen Luftballon in der Hand. »Hallo! Da seid ihr ja endlich. Jetzt wird es aber Zeit.«
»Die ist für dich.« Kim drückte Felipe eine Tafel Schokolade in die Hand. »Damit du auf dem langen Flug nicht verhungerst.«
Felipe bedankte sich und verstaute die Schokolade in seinem Handgepäck.
»Lass deine Tasche gleich offen«, bat Franzi. »Hier ist noch ein Geschenk für dich.« Sie gab Felipe ein schmales, grünes Buch.
Felipe warf neugierig einen Blick hinein und strahlte. »Ein Fotobuch mit lauter Schnappschüssen von uns. Danke dir!« Er steckte das Fotobuch ein.
Jetzt war er gekommen, der schreckliche Augenblick des Abschieds, vor dem Franzi sich so gefürchtet hatte. Felipe nahm sie in die Arme. Ein letztes Mal spürte sie seine weichen Lippen auf ihrem Mund. Ein letztes Mal atmete sie den Duft seiner Haut.
»Mein Augenstern«, flüsterte er in ihr Haar. *»Te quiero.«*

»Ich liebe dich auch«, flüsterte Franzi.
Felipe löste sich von ihr, gab Kim und Marie die Hand und griff nach seiner Tasche. Als er dem Sicherheitsbeamten seinen Pass zeigte, drehte er sich noch einmal lachend um. Tränen strömten über Franzis Gesicht, während sie zurücklächelte und ihm zuwinkte. Sie winkte so lange, bis Felipe hinter der Sicherheitskontrolle verschwunden war. Dann ließ sie ihre Hand sinken. Unter ihren Füßen öffnete sich wieder der dunkle, schwarze Abgrund.
Im nächsten Moment spürte sie Kims und Maries Arme. Ihre Freundinnen drückten sie ganz fest.
»Du bist stark, du hast die Power«, murmelte Kim.
»Und du bist nicht allein«, flüsterte Marie.
»Danke.« Eine Welle von Dankbarkeit durchströmte Franzi, Dankbarkeit und Liebe.

An den Rückweg in die Stadt konnte Franzi sich später nicht mehr erinnern. Sie musste wohl mit Kim und Marie in eine S-Bahn gestiegen sein, danach in die U-Bahn und das letzte Stück zum *Café Lomo* gelaufen sein. Ihre Beine gehorchten automatisch, aber ihre Gedanken waren die ganze Zeit bei Felipe, dessen Flieger jetzt gerade die Wolken küsste und unaufhaltsam der Sonne Mexikos entgegensteuerte.
Franzi kehrte erst wieder zurück in die Gegenwart, als eine dampfende Tasse *Kakao Spezial* vor ihr stand und der unwiderstehliche Vanilleduft in ihre Nase stieg.
»Meinst du, du kannst unsere Feier wenigstens ein bisschen genießen?«, fragte Kim. »Wir haben wieder einen Fall gelöst! Freust du dich?«

»Natürlich!« Franzi nahm einen Schluck vom *Kakao Spezial.* Noch nie hatte er ihr so gut geschmeckt.
Marie sah Franzi bewundernd an. »Du kannst diesmal echt stolz auf dich sein. Du hast es unter erschwerten Bedingungen geschafft und tolle Detektivarbeit geleistet.«
»Ihr aber auch!«, gab Franzi das Kompliment zurück. »Ich hab übrigens Neuigkeiten von zu Hause: Wir haben jetzt einen Plan aufgestellt, um die Pflege von Oma Lotti besser aufzuteilen. Natürlich macht Mama immer noch das meiste, aber wir anderen laufen jetzt nicht mehr dauernd mit einem schlechten Gewissen herum. Jeder hat seine klar abgegrenzten Aufgaben und kann sich danach wieder entspannen.«
»Klingt super«, sagte Kim. »Das war bestimmt deine Idee, oder?«
Franzi grinste. »Nein, stellt euch vor: Chrissie hat den Plan vorgeschlagen. Ich lerne meine Schwester gerade neu kennen. Tief in ihrem Innern ist sie nämlich ein ganz wunderbarer Mensch.«
Marie kicherte. »Es geschehen noch Zeichen und Wunder. Du wirfst sie also doch nicht aus dem Fenster?«
»Ich hab's mir anders überlegt.« Franzi warf einen verschmitzten Blick in die Runde. »Wenn sie mich das nächste Mal ärgert, gebe ich meinem Pony ihr Lieblingskleid zum Fressen.«
Die drei !!! lachten fröhlich. Dann ging die Tür des Cafés auf und Nicky kam mit ihrem Bruder Gregor herein. Lächelnd näherten sie sich dem Stammplatz der drei !!!.
»Ist hier zufällig noch was frei?«, fragte Nicky ein wenig verlegen.

»*Zufällig* ja«, sagte Franzi. Auch Kim und Marie begrüßten herzlich die beiden Neuankömmlinge.
Die drei !!! hatten Nicky und Gregor zu ihrer kleinen Feier eingeladen. Es war ihnen nicht leichtgefallen, Nicky zu verzeihen, aber als sie ihnen eine Woche nach ihrem Geständnis einen großen Blumenstrauß gebracht und sich noch mal bei ihnen entschuldigt hatte, konnten sie es ihr nicht länger übel nehmen. Sie hatte Mist gebaut, aber sie hatte es nicht mit böser Absicht getan, sondern weil sie völlig verzweifelt gewesen war und keinen anderen Ausweg gewusst hatte.
Nicky und Gregor setzten sich zu den Detektivinnen auf die letzten freien Plätze. Marie gab Sabrina ein Zeichen, und schon war die Bedienung mit ihrem vorbereiteten Tablett zur Stelle. Extra vorsichtig stellte sie die schlanken Sektgläser auf dem Tisch ab. Für die Erwachsenen gab es Sekt und für Kim, Franzi und Marie Orangensaft.
»Zum Wohl!«, wünschte Sabrina und wollte schnell wieder verschwinden.
Nicky hielt sie zurück. »Warte doch. Du musst auch mit uns anstoßen.«
»Oh, das ist aber nett!« Sabrina wurde rot und nahm sich das letzte Glas vom Tablett.
Sechs Gläser stießen klirrend aneinander. »Auf unser *Café Lomo*!«, rief Kim.
»Auf unser *Lomo*!« Gregor wiederholte den Trinkspruch extra laut.
Sie tranken einen Schluck und Nicky zwinkerte Sabrina über den Rand ihres Glases hinweg zu. »Alles wird gut.«
Die beiden hatten sich ausgesprochen und versöhnt. Sabrina

hatte sich für ihre Aktionen entschuldigt und freiwillig auf die Gehaltserhöhung verzichtet. Dafür bekam sie eine zweite Chance von Nicky und Gregor und durfte ihren Job behalten.

»Zwei Latte für Tisch fünf!«, rief Leo von der Theke herüber. Sabrina eilte zurück an die Arbeit. Franzi sah ihr nach und beobachtete, wie sie das Tablett zu zwei jungen Frauen am Nebentisch brachte. Plötzlich stutzte sie. Eine der Frauen hatte sie doch schon mal gesehen! »Entschuldigung, kennen wir uns nicht? Sie arbeiten doch an der Theke von *Coffee & Cocoa*, oder?«

Die blonde Frau nickte freimütig. »Ja, das stimmt. Meine Freundin auch. Wir kommen regelmäßig ins *Lomo*.« Grinsend beugte sie sich zum Tisch der drei !!! herüber. »Verratet es nicht meinem Chef, aber hier schmeckt der Kaffee einfach besser.«

Franzi gluckste vergnügt. »Keine Sorge! Das Geheimnis ist bei uns sicher aufgehoben. Wir sind nämlich Riesenfans vom *Café Lomo*.«

Die Frauen erhoben ihre Latte-Gläser und prosteten den drei !!! zu. Für Franzi war diese zufällige Begegnung das Sahnehäubchen auf diesem Fall. Blom hatte von Anfang an keine Chance gehabt, das *Lomo* zu kaufen. Caféketten kamen und gingen, aber das *Café Lomo* würde für immer bleiben!

Als sich Franzi wieder zu ihren Freundinnen umdrehte, erkundigte sich Kim gerade nach Gregors Gesundheitszustand. »Es geht mir gut«, erzählte er. »Meine Kur ist beendet. Die Rehaklinik war zwar sehr schön, aber hier gefällt es mir tausendmal besser. Es hat sich ja einiges verändert in der Zwischenzeit.« Er knuffte seiner Schwester mit dem Ellenbogen in die Seite. »Irgendwie merkwürdig, dass ich davon als Inhaber gar nichts mitbekommen habe.«

»Ach, Gregor!«, seufzte Nicky. »Du bringst es fertig, dass ich vor lauter Scham unter den Tisch krieche. Was ich getan habe, bereue ich aus tiefstem Herzen. Und ich bin heilfroh, dass mein Plan nicht aufgegangen ist. Ich hätte es mir nie verziehen, wenn es das *Café Lomo* heute nicht mehr geben würde.«

Gregor wurde wieder ernst. »Das weiß ich doch! Und ich finde deine Renovierung ja auch echt toll. Die Wandtattoos, die Stühle und die Sitzsäcke bleiben natürlich. Nur die teuren Tische und die Tablets kommen weg. Die Firmen nehmen die Sachen zurück. Sie kennen mich als langjährigen guten Kunden.«

»Was für ein Glück!«, freute sich Nicky. »Und was die unbezahlten Rechnungen angeht, dafür stehe ich natürlich gerade. Ich zahle dir die Schulden nach und nach zurück, sobald ich in Indien einen Job gefunden habe.«

Die Neuigkeit kam völlig unerwartet für die drei !!!. »Du gehst wieder nach Indien?«, fragte Marie erstaunt.

Nicky lächelte verträumt. »Ja, ich hab solche Sehnsucht nach dem Land. Diesmal wird es kein Urlaub sein, aber ich kann es trotzdem nicht erwarten, endlich wieder dort zu sein.«

»Hier kann es anscheinend auch jemand nicht erwarten, *dich* zu sehen!« Gregor zeigte zur Tür. Ein Mann mit Pferdeschwanz und abgewetzter Lederjacke sah sich suchend um.

»Sandro!«, rief Franzi verblüfft. »Sag bloß, er hat dich mit seiner indischen Flötenmusik doch noch eingewickelt?«

Nicky strahlte vor Glück. »Das musste er gar nicht. Ich glaube, ich war schon die ganze Zeit in ihn verliebt. Ich wollte es mir nur nicht eingestehen.« Sie sprang auf und flog ihrem Freund in die Arme.

Die drei !!! zwinkerten sich verschwörerisch zu. Diesmal hatten sie sogar zwei Fälle gelöst: den Fall *Café Lomo* und den Fall Liebe.

Die drei !!!
Tauche ein in die Welt
von Kim, Franzi und Marie!
Entdecke jetzt „Die drei !!!"
unter diedreiausrufezeichen.de
Wirf einen Blick hinter die Kulissen &
erfahre mehr von den drei !!!.
Mach mit bei tollen Gewinnspielen und
lade dir coole Extras
im Fancorner runter!
Los geht's!
Illustration: Ina Biber
KOSMOS